華麗なる探偵アリス&ペンギン

パーティ・パーティ

南房秀久／著
あるや／イラスト

JN255812

★小学館ジュニア文庫★

CONTENTS

もくじ

華麗《かれい》なる探偵《たんてい》 アリス&ペンギン Alice and Penguin The excellent detectives

パーティ・パーティ

CHARACTERS

とうじょう人《じん》物《ぶつ》

夕星《ゆうずつ》アリス

中学《ちゅうがく》2年生《ねんせい》の女《おんな》の子《こ》。
お父《とう》さんの都合《つごう》で
ペンギンと同居《どうきょ》することに。
指輪《ゆびわ》の力《ちから》で鏡《かがみ》の国《くに》に入《はい》ると、
探偵助手《たんていじょしゅ》「アリス・リドル」に!

P《ピー》・P《ピー》・ジュニア

空中庭園《くうちゅうていえん》にある【ペンギン探偵社《たんていしゃ》】の探偵《たんてい》。
言葉《ことば》も話《はな》せるし、料理《りょうり》も得意《とくい》だぞ。

響《ひびき》 琉生《るい》

アリスのクラスメイトであり、
TV《テレビ》にも出演《しゅつえん》する
少年名探偵《しょうねんめいたんてい》シュヴァリエ。
アリス・リドルの
正体《しょうたい》に気《き》づいていない。

怪盗《かいとう》 赤《あか》ずきん

変装《へんそう》が得意《とくい》な怪盗《かいとう》。
可愛《かわい》い洋服《ようふく》が大好《だいす》き。
ジュニアには
いつも負《ま》けている。
相棒《あいぼう》はオオカミ!

赤妃《あかひ》リリカ

アリスのクラスメイト。
超絶《ちょうぜつ》セレブで
ハ〜リウッド・スターなので、
学校《がっこう》を休《やす》みがち。響琉生《ひびきるい》のことが大好《だいす》き。

白兎計太《しらとけいた》

アリスの隣《となり》の席《せき》。
数字《すうじ》と時計《とけい》が大好《だいす》き。
アリス・リドルの大《だい》ファンで、
ファンサイトを作《つく》っている。

グリム兄弟《ブラザーズ》

兄《あに》ジェイコブ・グリムと
弟《おとうと》ウィルヘルム・グリムの
天才犯罪《てんさいはんざい》コンサルタント。

ファイル・ナンバー0

サイクロプス大佐《たいさ》の逆襲《ぎゃくしゅう》

「これは……このへん？」

地味《じみ》な黒《くろ》いワンピースを着《き》た女《おんな》の子《こ》が、脚立《きゃたつ》の上《うえ》で首《くび》をひねっていた。

女《おんな》の子《こ》の手《て》には、目《め》の前《まえ》にあるクリスマス・ツリーに飾《かざ》るための飾《オーナメント》りがいくつか握《にぎ》られている。

「これは……こっち？」

女《おんな》の子《こ》の名前《なまえ》は、夕星《ゆうずつ》アリス。

アリスは目立《めだ》つことが苦手《にがて》な、ごく普通《ふつう》の中学《ちゅうがく》2年生《ねんせい》。

だが、実《じつ》は『ペンギン探偵社《たんていしゃ》』日本支部《にほんしぶ》の探偵見習《たんていみなら》いでもあるのだ。

「これは……あっち……これは……こっちということで」

そして、アリスがいるのは『ペンギン探偵社《たんていしゃ》』の応接間《おうせつま》。

今《いま》、アリスはクリスマス・ツリーの飾《かざ》りつけの真《ま》っ最中《さいちゅう》なのだ。

「でもって……この大《おお》きな星《ほし》がてっぺんです」

アリスはツリーのてっぺんに銀色《ぎんいろ》の星《ほし》をつけようと、つま先立《さきだ》ちになる。

「……もうすぐクリスマス。ワクワクです」

ふだんはボ〜ッとしているアリスが、そうつぶやいてしまうのも無理《むり》はない。

今度《こんど》のクリスマスは、アリスが白瀬市《しらせし》に引《ひ》っ越《こ》してきてから初《はじ》めてのクリスマスなのだ。

綿《わた》の雪《ゆき》や鈴《すず》に、小《ちい》さなそりに長靴《ながぐつ》。アリスは2メートル半《はん》ほどもある大《おお》きなツリーに、
ひとつひとつオーナメントをつけてゆく。

「………あ」

銀色《ぎんいろ》の星《ほし》が枝《えだ》に引《ひ》っかかり、ピョンとはね飛《と》ばされて絨毯《じゅうたん》の上《うえ》に落《お》ちた。

「またもや」

アリスは脚立《きゃたつ》を降《お》りて、星《ほし》を拾《ひろ》う。

オーナメントをうまくつけることができず、下《した》に落《お》とすのはこれが17度目《どめ》である。

「やや落《お》ち込《こ》むけど――」

アリスはつぶやいて、窓《まど》の方《ほう》に目《め》をやった。

窓《まど》の外《そと》では、街《まち》がうっすらと白《しろ》い雪《ゆき》に覆《おお》われつつある。

思《おも》えば去年《きょねん》のクリスマスは、南半球《みなみはんきゅう》――この時季《じき》は真夏《まなつ》――のアフリカにある巨大《きょだい》な古《こ》代遺跡《だいいせき》の中《なか》でイブを迎《むか》えていたし、一昨年《おととし》は、東南《とうなん》アジアの地下深《ちかふか》い洞窟《どうくつ》で迷子《まいご》になっていた。

覚《おぼ》えている限《かぎ》り、雪《ゆき》のクリスマスは初《はじ》めてだ。

「ホワイト・クリスマスになったら、すてきです」

地味《じみ》で真《ま》っ黒《くろ》な服《ふく》を着《き》て、肩《かた》を震《ふる》わせている様子《ようす》はとてもそうは見《み》えないが、アリスはこれでもはしゃいでいるのである。

だけど――。

「じんぐぉべ～る、じんぐぉべ～る、じんぐ～お～ざうぇ～♪」

アリスが「ししょ～」と呼《よ》ぶアデリーペンギン。

名探偵《めいたんてい》にして『ペンギン探偵社《たんていしゃ》』日本支部長《にほんしぶちょう》であるP《ピー》・P《ピー》・ジュニアの方《ほう》が、アリスよりもっとハシャいでいた。P《ピー》・P《ピー》・ジュニアは赤《あか》いサンタのコスチュームを着《き》てクラッカーを鳴《な》らし、ピロピロ笛《ぶえ》などと呼《よ》ばれることもある「巻《ま》き戻《もど》し」を吹《ふ》いているのだ。

「……しょ～、気《き》が早《はや》すぎ」

何《なに》しろ、クリスマスまではまだ1週間近《しゅうかんちか》くある。

アリスがクスリと笑《わら》い、脚立《きゃたつ》にまた上《のぼ》ろうとしたその時《とき》。

じゃっじゃじゃじゃじゃじゃ～ん！

アリスのポケットの中《なか》のスマートフォンが、着信《ちゃくしん》を告《つ》げた。

「……はえ？」

あわてたもので、「はい」と答《こた》えるつもりが「はえ」になった。

『夕星《ゆうずつ》さん？　僕《ぼく》、響《ひびき》だけど』

通話《つうわ》の相手《あいて》は、クラスメートの響琉生《ひびきるい》だった。

琉生《るい》は探偵《たんてい》シュヴァリエの別名《べつめい》を持《も》ち、TV《テレビ》の人気推理《にんきすいり》バラエティ番組《ばんぐみ》『ミステリー・プリンス』で活躍《かつやく》する名探偵《めいたんてい》でもある。

『赤妃《あかひ》さんから聞《き》いた？　パーティのこと』

琉生《るい》はアリスに尋《たず》ねた。

「聞《き》きましたです」

アリスは答《こた》える。実《じつ》は学校《がっこう》の5時間目《じかんめ》の理科《りか》の時間《じかん》に、アリスはクラスメートの赤妃《あかひ》リリカから、みんなでクリスマス・パーティをしようと提案《ていあん》されていた。

実際《じっさい》は、提案《ていあん》というより強制《きょうせい》だったけれど。

『それで、パーティの場所《ばしょ》なんだけど。赤妃《あかひ》さんだけに任《まか》せると大《おお》げさになるから、みんなで決《き》めた方《ほう》がよくないかな？』

琉生《るい》は続《つづ》けた。

「全面的《ぜんめんてき》に賛成《さんせい》します」

赤妃《あかひ》リリカはハリウッド・スターで、大企業《だいきぎょう》『赤妃《あかひ》グループ』のひとり娘《むすめ》である。何《なに》よりも目立《めだ》つことが大好《だいす》きで、やることなすことすべてが派手《はで》。

この前《まえ》の誕生会《たんじょうかい》などは、東京《とうきょう》のドーム球場《きゅうじょう》を借《か》り切《き》って開《ひら》いた、と聞《き》いている。

『今《いま》、時間取《じかんと》れる？　計太《けいた》たちと集《あつ》まって相談《そうだん》しようかなって思《おも》うんだけど？』

計太《けいた》というのは白兎計太《しらとけいた》。彼《かれ》もまたクラスメートだ。

「すぐに行《い》きます」

集合場所《しゅうごうばしょ》は、ショッピングモールのドーナッツ店《てん》『ミルキー・ドーナッツ』に決《き》まった。探偵社《たんていしゃ》から歩《ある》いて、2、3分《ぷん》ぐらいの場所《ばしょ》である。

「ししょ〜、ちょっと出《で》かけてきます」

アリスはP《ピー》・P《ピー》・ジュニアに声《こえ》をかけてから、さっそく向《む》かうことにした。

『ペンギン探偵社《たんていしゃ》』は白瀬市駅近《しらせしえきちか》くの総合《そうごう》ビル『アンタークティック・タワー』の13階《かい》にあるので、アリスはエレベーターを使《つか》って1階《かい》まで降《お》りる。

すると――。

「エレベーターを出《で》ると……そこは雪国《ゆきぐに》？」

思《おも》わず名言《めいげん》っぽいことを口《くち》にしたアリスは、『アンタークティック・タワー』の入口前《いりぐちまえ》で立《た》ちつくした。琉生《るい》との電話《でんわ》を終《お》えた時《とき》にはチラチラと降《ふ》っているだけだったはずの雪《ゆき》が、エレベーターで降《お》りてくる間《あいだ》に10センチぐらいの深《ふか》さに積《つ》もっていたのだ。

「スノーシューズに、はきかえねば。……あと、コートも出《だ》して、傘《かさ》と手袋《てぶくろ》とマフラーも」

アリスは一度《いちど》、探偵社《たんていしゃ》まで戻《もど》ろうとしたが、すぐに考《かんが》え直《なお》す。

（こういう時《とき》こそ――）

ポシェットから小《ちい》さな手鏡《てかがみ》を取《と》り出《だ》したアリスは、こうつぶやきながら鏡《かがみ》に触《ふ》れた。

「鏡《ミラー》よ、鏡《ミラー》」

一瞬後《いっしゅんご》。

アリスは真《ま》っ暗《くら》な空間《くうかん》にふわふわと浮《う》かんでいた。

実《じつ》はアリスには、Ｐ《ピー》・Ｐ《ピー》・ジュニア以外《いがい》は誰《だれ》も知《し》らない秘密《ひみつ》がある。

不思議《ふしぎ》な指輪《ゆびわ》の力《ちから》を使《つか》って、鏡《かがみ》の向《む》こう側《がわ》にある不思議《ふしぎ》な世界《せかい》に行《い》けるのだ。

そして、鏡《かがみ》の国《くに》に行《い》くことで、アリスはもうひとりのアリス、名探偵《めいたんてい》アリス・リドルへと変身《へんしん》できるのである。

「アリス・リドル、登場《エンター、アリス・リドル》」

黒《くろ》いワンピースが、トランプ柄《がら》に彩《いろど》られた空色《そらいろ》のワンピースに変《か》わり、髪《かみ》をまとめていたリボンもワンピースに合《あ》わせた水色《みずいろ》のものへと変《か》わった。

「変身完了《へんしんかんりょう》、です」

アリスはあたりを見渡《みわた》した。

鏡《かがみ》の国《くに》は、こちらの世界《せかい》とはまったく違《ちが》う、へんてこな場所《ばしょ》だ。

今《いま》、暗《くら》い空間《くうかん》にプカプカと浮《う》かんでいるのは、アリスだけじゃない。

グランドピアノや食器棚《しょっきだな》、植木鉢《うえきばち》や、額《がく》に入《はい》った絵《え》なんかも、まわりに浮《う》かんでいる。

遠《とお》くに小《ちい》さな星《ほし》のようなものがいくつもキラキラと輝《かがや》いて見《み》えるけれど、実《じつ》はあれは星《ほし》じゃない。

そのすべてが、外《そと》の世界《せかい》につながっている鏡《かがみ》なのだ。

「さてと、です――」

アリスはグランドピアノの上《うえ》に立《た》って、あたりを見回《みまわ》した。

アリスが捜《さが》しているのは、こちらの世界《せかい》に住《す》む友《とも》だち、ハンプティ・ダンプティである。

ハンプティ・ダンプティは、大《おお》きなタマゴに手足《てあし》がついたような姿《すがた》をした仕立屋《したてや》さん。

アリスが望《のぞ》めば、どんな服《ふく》でもあっという間《ま》に作《つく》ってくれるのだ。

「近《ちか》くにいると、いいんですが」

と、アリスがつぶやいたところに。

「アリス！　アリス！」

どこからともなくワタリガラスが飛《と》んできて、アリスの肩《かた》に留《と》まった。

「こんにちは」

アリスはワタリガラスに挨拶《あいさつ》する。

「ちわ、アリス！」

実《じつ》はこのワタリガラス、こちらの世界《せかい》で出会《であ》った最初《さいしょ》の友《とも》だちなのだ。

「アリス、何《なに》してる⁉」

ワタリガラスは翼《つばさ》を大《おお》きく広《ひろ》げてから、首《くび》を傾《かし》げた。

「ハンプティ・ダンプティさんを、捜《さが》してきていただけると感謝《かんしゃ》です」

アリスはワタリガラスに頼《たの》んだ。

「任《まか》せろ！　ハンプテ〜ッ！」

ワタリガラスは自信《じしん》たっぷりにそう言《い》うと、アリスの頭《あたま》の上《うえ》をぐるりと回《まわ》ってから飛《と》んでいった。

「では」

アリスはグランドピアノに腰《こし》を下《お》ろし、脚《あし》をプラプラさせる。

あわてることはない。

鏡《かがみ》の国《くに》では、時間《じかん》がほとんど流《なが》れない。たとえ何時間《なんじかん》、何日《なんにち》、こちらにいたとしても、外《そと》の世界《せかい》では、ほんの瞬《まばた》き1回分《かいぶん》ほどの時間《じかん》が流《なが》れるだけなのだ。

しばらくすると——もしかすると一瞬《いっしゅん》のことかも知《し》れないが——、ワタリガラスが戻《もど》ってきた。

「ハンプテ〜、呼《よ》んだ！　ハンプテ〜、来《く》る！」

ワタリガラスはアリスに告《つ》げる。

「ありがとう」

アリスがお礼《れい》を言《い》うと、ワタリガラスはアリスの肩《かた》に留《と》まった。

アリスはワタリガラスとシリトリをして、ハンプティの到着《とうちゃく》を待《ま》つことにしたのだ。

こう見《み》えて、ワタリガラスはシリトリが強《つよ》い。アリスはこれまで何十回《なんじっかい》となくワタリガラスとシリトリをしてきたが、一度《いちど》も勝《か》ったことがないのだ。

そして――。

「お……お？　お、鬼《おに》ごっこ」

「黄砂《こうさ》！」

「さ、さ、さ……佐渡《さど》おけさ」

「三段跳《さんだんと》び！」

「ビ…………、ビ、ビスケット？」

「トランプ！」

「プ……プテラノドン！　……あ」

「アリス、また負《ま》け！」

アリスが今日《きょう》、71回目《かいめ》の勝負《しょうぶ》に負《ま》けたところで――。

「ボクをお呼《よ》びかな～？」

三輪車《さんりんしゃ》に乗《の》って、ハンプティ・ダンプティが姿《すがた》を現《あらわ》した。地面《じめん》がないのにどうやって進《すす》んでいるのかは不明《ふめい》だが、三輪車《さんりんしゃ》はアリスのそばまでやってくると、キコッと止《と》まった。

「あのですね――」

アリスは大雪《おおゆき》の日《ひ》に着《き》るものが欲《ほ》しいことをハンプティ・ダンプティに説明《せつめい》する。

「……ふうん、雪《ゆき》の時《とき》の服《ふく》かあ？」

ハンプティ・ダンプティはあごのあたり――どこがあごなのか、ちょっと分《わ》かりにくいけど――に手《て》をやった。

「できる？」

「ふふふ、できると聞《き》くのかい、このボクに？」

ハンプティ・ダンプティはニマ～ッと笑《わら》い、パチンと指《ゆび》を鳴《な》らす。

「ヘイ、エヴリバディ！　さあ、いつものを！」

すると、ハサミや糸《いと》と針《はり》、色《いろ》とりどりの布《ぬの》が突然現《とつぜんあらわ》れて、アリスとハンプティ・ダンプティのまわりで踊《おど》り始《はじ》めた。

「コ～カス・ダンス、コ～カス・ダンス！　あなたもわたしもコ～カス・ダンス！」

ハサミがリズムに合《あ》わせて布《ぬの》を切《き》り、糸《いと》と針《はり》が縫《ぬ》い合《あ》わせてゆく。

少《すこ》しして。

アリスの手《て》の上《うえ》に、完成《かんせい》した服《ふく》がふわりと落《お》ちてきた。

「さあ！　ボクの自信作《じしんさく》だよ！　完全防水《かんぜんぼうすい》で通気性《つうきせい》もいいし、どんなに寒《さむ》くてもポッカポカさ！　さっそく着《き》てみてよ、いつもの台詞《せりふ》でさ？」

ハンプティ・ダンプティはウインクする。

「ううっ、恥《は》ずかしいのですが――」

アリスは、一瞬《いっしゅん》で着替《きが》えることのできる魔法《まほう》の言葉《ことば》を口《くち》にした。

「ワンダー・チェンジ！」

不思議《ふしぎ》な光《ひかり》がアリスを包《つつ》み込《こ》み、その光《ひかり》がふっと消《き》えると、アリスはさっきまでとは違《ちが》う服《ふく》を身《み》にまとっていた。

赤《あか》いブーツに赤《あか》い帽子《ぼうし》、それに赤《あか》いワンピース。

それも全部《ぜんぶ》、白《しろ》いフワフワの縁取《ふちど》りがついている。

「これは……イブの日《ひ》にケーキ屋《や》さんの前《まえ》に立《た》っている、アルバイトの人《ひと》の服《ふく》では？」

アリスは落《お》ち込《こ》んだ。

「サンタクロースの服《ふく》って呼《よ》んで欲《ほ》しいんだけど？」

ハンプティ・ダンプティは肩《かた》――ないけど――をすくめてみせる。

「できれば、黒《くろ》いレインコートを」

アリスは言《い》うだけ言《い》ってみた。

「黒《くろ》〜っ？」

ハンプティ・ダンプティはポリポリと頭《あたま》をかく。

「そりゃあ、天才《てんさい》仕立屋《したてや》のボクだもの。作《つく》れないことはないよ。どうしても、何《なに》が何《なん》でも、命《いのち》がけで、世界一《せかいいち》不幸《ふこう》になっても黒《くろ》がいいって言《い》うなら、作《つく》るけど？」

「これでいいです」

アリスはあきらめた。

「大丈夫《だいじょうぶ》！　自信《じしん》を持《も》って、とっても似合《にあ》っているから！」

自信《じしん》はさっぱり持《も》てなかったが、ハンプティ・ダンプティに送《おく》り出《だ》され、アリスはこちらの世界《せかい》へと戻《もど》った。

「……うぁお」

アリスがほんの一瞬《いっしゅん》、鏡《かがみ》の国《くに》に行《い》っていた間《あいだ》に雪《ゆき》はさらに激《はげ》しくなっていた。

降《ふ》りしきる雪《ゆき》で、通《とお》りの向《む》こうが見渡《みわた》せない。

まるで雪国《ゆきぐに》の吹雪《ふぶき》である。

「これでは待《ま》ち合《あ》わせの場所《ばしょ》に」

さすがのサンタ服《ふく》でも、雪《ゆき》をかき分《わ》けて進《すす》む能力《のうりょく》はないだろう。

アリスは『アンタークティック・タワー』の玄関《げんかん》ロビーで立《た》ち往生《おうじょう》だ。

と、思《おも》っていたら――。

「夕星《ゆうずつ》さん」

待《ま》ち合《あ》わせ相手《あいて》の琉生《るい》が、肩《かた》についた雪《ゆき》を払《はら》いながら玄関《げんかん》ロビーに入《はい》ってきた。

「響君《ひびきくん》、どうしてこちらに？」

アリスは目《め》を丸《まる》くして尋《たず》ねる。

「この雪《ゆき》だからね。時間《じかん》も早《はや》かったし、こっちに来《き》ちゃった方《ほう》がいいかなって思《おも》ったんだ」

琉生《るい》は説明《せつめい》した。

「気《き》を遣《つか》ってもらって。ごめんなさいです」

アリスは小《ちい》さくなる。

「けど――」

琉生《るい》はアリスの服《ふく》を見《み》て、微笑《ほほえ》んだ。

「可愛《かわい》いね、それ」

「か、か、か、か、か、か、か、可愛《かわい》い……？」

アリスは真《ま》っ赤《か》になって固《かた》まった。

今《いま》までの人生《じんせい》で、アリスは可愛《かわい》いなどと言《い》われたことはほとんどない。

誉《ほ》められること自体《じたい》が、実《じつ》に珍《めずら》しい。だから、たまにこんな言葉《ことば》をかけられると――たとえ、サンタ服《ふく》のことだとしても――、脳《のう》の活動《かつどう》が停止《ていし》してしまうのだ。

「ご、ごめん。気《き》を悪《わる》くした？」

アリスの反応《はんのう》に、琉生《るい》が戸惑《とまど》いの表情《ひょうじょう》を見《み》せる。

「そ、そんなめっそうもない！」

アリスは最大《さいだい》スピードで首《くび》を左右《さゆう》に振《ふ》った。

「……えぇっと？」

「……………」

「……………」

琉生《るい》は目《め》のやり場《ば》に困《こま》り、アリスは顔《かお》を伏《ふ》せる。

そうしている間《あいだ》に、雪《ゆき》は積《つ》もってゆく。

「そ、そうだ。計太《けいた》に遅《おく》れるって連絡《れんらく》しようかな？」

琉生《るい》はスマートフォンを取《と》り出《だ》した。

と、そこに。

「おや〜、お邪魔《じゃま》ですか〜？」

咳払《せきばら》いをしながら、P《ピー》・P《ピー》・ジュニアが現《あらわ》れた。

「ししょ〜、どうしたの？」

ツリーの前《まえ》で浮《う》かれているはずのP《ピー》・P《ピー》・ジュニアを見《み》て、アリスは尋《たず》ねた。

「いくら何《なん》でもこの雪《ゆき》は異常《いじょう》です。何《なに》か、事件《じけん》の臭《にお》いがすると思《おも》いませんか？」

P《ピー》・P《ピー》・ジュニアはキラリと丸《まる》い目《め》を輝《かがや》かせる。

「でも、天候《てんこう》を操《あやつ》るなんてこと、簡単《かんたん》にはできないような？」

アリスの知《し》る限《かぎ》り、そんな装置《そうち》は発明《はつめい》されていないはずである。

だが――。

「……いや、ペンギン君《くん》の推理通《すいりどお》りかも知《し》れないよ」

スマートフォンで計太《けいた》と連絡《れんらく》を取《と》っていた琉生《るい》が、P《ピー》・P《ピー》・ジュニアに同意《どうい》した。

「あなたに話《はな》してるんじゃありませんよ、探偵《たんてい》シュヴァリエ」

P《ピー》・P《ピー》・ジュニアはしかめっ面《つら》になる。P《ピー》・P《ピー》・ジュニアはTV《テレビ》で大人気《だいにんき》の探偵《たんてい》シュヴァリエのことを、勝手《かって》にライバルだと思《おも》っているのだ。

「夕星《ゆうずつ》さん」

琉生《るい》は計太《けいた》からのメッセージをアリスに見《み》せた。

それを読《よ》むと――。

ごめん
雪《ゆき》がひどくてちょっと遅《おく》れそうです

この雪《ゆき》、奇妙《きみょう》なんですよ
お天気情報《てんきじょうほう》によると、白瀬市《しらせし》を一歩出《いっぽで》ると晴《は》れなんで。
やっぱり、これってただの異常気象《いじょうきしょう》じゃないですよね？

と、ある。

「もし事件《じけん》なら、僕《ぼく》らが調《しら》べるべきだね」

琉生《るい》はアリスとP《ピー》・P《ピー》・ジュニアの顔《かお》を見《み》た。

「だ〜か〜ら〜っ！　あなたと話《はな》す気《き》はないんですったら！」

と、足《あし》の水《みず》かきでタタタタタ〜ッと床《ゆか》を叩《たた》いたその時《とき》。

P《ピー》・P《ピー》・ジュニアのスマートフォンが、メッセージの着信《ちゃくしん》を告《つ》げた。

「うにゅ、白瀬署《しらせしょ》から呼《よ》び出《だ》しです」

メッセージを確認《かくにん》したP《ピー》・P《ピー》・ジュニアは、アリスを見上《みあ》げる。

「この雪《ゆき》と関係《かんけい》があるのでしょうか？」

アリスは聞《き》いた。

「いえ、どうやら違《ちが》いますね」

P《ピー》・P《ピー》・ジュニアはクチバシを横《よこ》に振《ふ》る。

「連続強盗事件《れんぞくごうとうじけん》だそうですから」

「僕《ぼく》も行《い》っていいのかな？」

琉生《るい》がP《ピー》・P《ピー》・ジュニアとアリスの顔《かお》を交互《こうご》に見《み》た。

「嫌《いや》だって言《い》っても、どうせ来《く》るでしょ」

P《ピー》・P《ピー》・ジュニアはプイッと顔《かお》を背《そむ》ける。

「さすが、いい推理《すいり》だね」

琉生《るい》はこのくらいの嫌味《いやみ》ではへこたれない。

「ピキ～ッ！　その言《い》い方《かた》が腹《はら》が立《た》つんですよ！」

P《ピー》・P《ピー》・ジュニアはヒレをワナワナと震《ふる》わせる。

「ししょ～の負《ま》けです」

アリスは噴《ふ》き出《だ》しそうになるのを何《なん》とか我慢《がまん》した。

「……市《し》の真《ま》ん中《なか》で、遭難《そうなん》しかけるとは」

積《つ》もった雪《ゆき》をかき分《わ》けかき分《わ》け、アリスたちが白瀬署《しらせしょ》に着《つ》いたのは、『アンタークティック・タワー』を出《で》た30分後《ぷんご》だった。

「おう、旦那《だんな》、来《き》てくれたか？　助《たす》かるぜ」

一同《いちどう》が白瀬署《しらせしょ》に到着《とうちゃく》すると、署《しょ》の前《まえ》で待《ま》っていた名垂警部《なだれけいぶ》がホッとした顔《かお》を見《み》せた。

「この大雪《おおゆき》でパトカーもろくに出《だ》せなくてな。手伝《てつだ》いが欲《ほ》しかったんだ」

「連続強盗事件《れんぞくごうとうじけん》だそうですが、くわしい話《はなし》を聞《き》かせてください」

P《ピー》・P《ピー》・ジュニアは頭《あたま》に積《つ》もった雪《ゆき》を落《お》としながら、さっそく尋《たず》ねた。

「ああ。それなんだが、実《じつ》は——市民《しみん》を襲《おそ》っているのは、アザラシやラッコらしい」

名垂警部《なだれけいぶ》は困《こま》った顔《かお》になり、頭《あたま》をかいた。

「アザラシとラッコの強盗団《ごうとうだん》？」

琉生《るい》が信《しん》じられない、と言《い》いたげな表情《ひょうじょう》を浮《う》かべる。

「ああ」

警部《けいぶ》は冗談《じょうだん》を言《い》う人《ひと》ではない。少《すく》なくとも、ウケる冗談《じょうだん》を言《い》える人《ひと》ではない。

「……うにゅう」

P《ピー》・P《ピー》・ジュニアは考《かんが》え込《こ》んだ。

「旦那《だんな》、心当《こころあ》たりがあるのか？」

と、警部《けいぶ》。

「アザラシやラッコを部下《ぶか》にしている犯罪者《はんざいしゃ》、私《わたし》は1匹《ぴき》しか知《し》りません」

P《ピー》・P《ピー》・ジュニアは真面目《まじめ》な顔《かお》で答《こた》える。

「その名《な》はパウル・B《ビー》・ムソルグスキー総統《そうとう》！　『地球温暖化《ちきゅうおんだんか》と戦《たたか》う北極強盗団《ほっきょくごうとうだん》』の首領《しゅりょう》です！」

「地球温暖化《ちきゅうおんだんか》と戦《たたか》う？」

どうして強盗《ごうとう》が地球温暖化《ちきゅうおんだんか》と戦《たたか》うのか、アリスにはちょっと分《わ》からない。

「ムソルグスキー総統《そうとう》は、強盗《ごうとう》で稼《かせ》いだお金《かね》で太陽光発電《たいようこうはつでん》や風力発電《ふうりょくはつでん》を広《ひろ》め、人間《にんげん》が二酸化炭素《にさんかたんそ》を出《だ》す量《りょう》を減《へ》らすと主張《しゅちょう》してます」

と、P《ピー》・P《ピー》・ジュニア。

「……いい人《ひと》なんだか、悪《わる》い人《ひと》なんだか」

アリスは首《くび》を振《ふ》る。

「ムソルグスキー総統《そうとう》は人《ひと》じゃなくて、ホッキョクグマです」

「いいクマなんだか、悪《わる》いクマなんだか」

アリスは訂正《ていせい》した。

「そのムソルグスキー総統《そうとう》ってのが、白瀬市《しらせし》に来《き》てるってことか？　こんな天気《てんき》だってのに、やれやれだぜ」

警部《けいぶ》はため息《いき》をついた。

「……警部《けいぶ》、この大雪《おおゆき》と強盗団《ごうとうだん》、無関係《むかんけい》と考《かんが》えていいんでしょうか？」

P《ピー》・P《ピー》・ジュニアは窓《まど》の外《そと》に目《め》をやると、腕組《うでぐ》みをして――少《すく》なくともしようとして――警部《けいぶ》に聞《き》いた。

「じゃあ、お前《まえ》さん？」

警部《けいぶ》は眉《まゆ》をひそめる。

「ええ、何《なに》しろ相手《あいて》は『地球温暖化《ちきゅうおんだんか》と戦《たたか》う北極強盗団《ほっきょくごうとうだん》』。何《なに》かつながりがあるような気《き》がしてきました」

Ｐ《ピー》・Ｐ《ピー》・ジュニアはクチバシを縦《たて》に振《ふ》って続《つづ》けた。

「で、ラッコやアザラシに襲《おそ》われたのは銀行《ぎんこう》ですか？　それとも、どこかのお金持《かねも》ち？」

「それが――」

名垂警部《なだれけいぶ》は言《い》いにくそうな顔《かお》で続《つづ》けた。

「被害《ひがい》にあってるのは、普通《ふつう》の市民《しみん》でな。歩《ある》いてたら50円《えん》盗《と》られたとか、１００円《えん》盗《と》られたとかなんだ」

「おにょ？　それ以上《いじょう》は盗《と》らないんですか？」

「ああ、１０００円札《えんさつ》を出《だ》すと、ご丁寧《ていねい》にお釣《つ》りをよこすそうだ」

「それは強盗《ごうとう》と言《い》えるのでしょうか？」

アリスが素朴《そぼく》な疑問《ぎもん》を口《くち》にする。

「確《たし》かに、1回《かい》1回《かい》の金額《きんがく》は少《すく》ない。けどな、今朝《けさ》から強盗《ごうとう》にあったっていう電話《でんわ》が５０0回近《かいちか》くかかってきてるんだ」

それだけ事件《じけん》が起《お》きているのなら、確《たし》かにお巡《まわ》りさんが何人《なんにん》いても足《た》りないはずだ。

「それは……大変《たいへん》な金額《きんがく》かと」

アリスは計算《けいさん》はせずに、適当《てきとう》に相《あい》づちを打《う》つ。

「たぶん、強盗《ごうとう》とは思《おも》わないでお金《かね》を渡《わた》した人《ひと》は、もっと多《おお》いんじゃないかな？」

琉生《るい》が推測《すいそく》する。

「ラッコやアザラシにお金《かね》を出《だ》せと言《い》われたら、寄付集《きふあつ》めだと思《おも》っちゃうでしょうね」

P《ピー》・P《ピー》・ジュニアも珍《めずら》しく、琉生《るい》と同意見《どういけん》のようだ。

「言《い》っちゃなんだけど、国際的《こくさいてき》な強盗団《ごうとうだん》にしてはやることがセコいのよね」

と、そこにやってきたのが名垂警部《なだれけいぶ》の部下《ぶか》、高南冬吹刑事《たかなみふぶきけいじ》。

P《ピー》・P《ピー》・ジュニアとは犬猿《けんえん》の仲《なか》である。

「かといって、こちとら警察《けいさつ》だからなあ。放《ほう》っておけない訳《わけ》だ」

冬吹刑事《ふぶきけいじ》と名垂警部《なだれけいぶ》は、疲《つか》れた顔《かお》を見《み》せる。

「それで、現場《げんば》はどこです？」

琉生《るい》がふたりに質問《しつもん》した。

「こっちに来《き》てくれ」

警部《けいぶ》は署内《しょない》の刑事課《けいじか》の部屋《へや》にアリスたちを案内《あんない》する。

部屋《へや》は学校《がっこう》の職員室《しょくいんしつ》みたいに散《ち》らかっていて、奥《おく》のホワイトボードに白瀬市《しらせし》の地図《ちず》が貼《は》ってあった。警部《けいぶ》はその地図《ちず》を使《つか》って説明《せつめい》を始《はじ》める。

「今《いま》まで報告《ほうこく》があった場所《ばしょ》は、このあたりとこのあたり、それにこのあたり――」

警部《けいぶ》が指《ゆび》さした場所《ばしょ》には、赤《あか》のマーカーで○が書《か》いてあった。

「住宅街《じゅうたくがい》に公園《こうえん》、『氷山中学《ひょうざんちゅうがく》』の近《ちか》くに……ずいぶんとバラバラですね？」

P《ピー》・P《ピー》・ジュニアが首《くび》を傾《かし》げる。

「数《かず》も多《おお》い。どうやら強盗団《ごうとうだん》は手分《てわ》けして犯行《はんこう》をしているようだね」

琉生《るい》も地図《ちず》を見《み》ながら、ほんの少《すこ》し眉《まゆ》をひそめた。

と、そこに。

「警部《けいぶ》！　また事件《じけん》です！」

制服《せいふく》のお巡《まわ》りさんが、刑事課《けいじか》の部屋《へや》に飛《と》び込《こ》んできて告《つ》げた。

「任《まか》せていいか？」

警部《けいぶ》がP《ピー》・P《ピー》・ジュニアたちを見《み》る。

「ペンギン君《くん》、夕星《ゆうずつ》さん、行《い》こう！」

琉生《るい》がアリスを振《ふ》り返《かえ》る。

「はい」

アリスは頷《うなず》き返《かえ》すと、冬吹刑事《ふぶきけいじ》と一緒《いっしょ》に現場《げんば》に向《む》かうことにした。

「だ〜か〜ら〜、あなたに指図《さしず》されたくありません！」

Ｐ《ピー》・Ｐ《ピー》・ジュニアはふくれっ面《つら》になりながらも、アリスたちの後《あと》に続《つづ》いた。


雪《ゆき》はいよいよひどくなり、市内《しない》の道《みち》はあちこちで通行止《つうこうど》めになっていた。パトカーで急行《きゅうこう》したはずのアリスたちだったが、気《き》がつけば、もう署《しょ》を出《で》てから20分《ぷん》になる。

「あっ、あそこ！」

運転《うんてん》していた冬吹刑事《ふぶきけいじ》が、片手《かたて》をハンドルから離《はな》して前方《ぜんぽう》を指《ゆび》さした。

パトカーが今《いま》いるのは、『森之奥高校《もりのおくこうこう》』近《ちか》くの交差点《こうさてん》。

コンビニの前《まえ》で、ラッコやアザラシたちが強盗《ごうとう》の真《ま》っ最中《さいちゅう》だった。

「手《て》を上《あ》げて〜」

バス停《てい》ではラッコが瞳《ひとみ》をうるませて、部活帰《ぶかつがえ》りの高校生《こうこうせい》の女《おんな》の子《こ》たちに声《こえ》をかけている。

「お金《かね》を出《だ》してください」

「か、可愛《かわい》い〜！」

女《おんな》の子《こ》たちはお財布《さいふ》を出《だ》して、ラッコの前足《まえあし》に百円玉《ひゃくえんだま》を置《お》いた。

「ありがと〜」

ラッコは丁寧《ていねい》にお辞儀《じぎ》をする。

また、向《む》かい側《がわ》の喫茶店《きっさてん》の前《まえ》では——。

「お金《かね》ちょうだ〜い」

アザラシが後《うし》ろ足《あし》で立《た》ち、前足《まえあし》をニギニギして通《とお》りがかりの小学生《しょうがくせい》に訴《うった》えていた。

「本当《ほんとう》にこれ、強盗《ごうとう》でしょうか？」

P《ピー》・P《ピー》・ジュニアはその様子《ようす》を見《み》て、顔《かお》を強《こわ》ばらせる。

「微笑《ほほえ》ましい光景《こうけい》です」

アリスも同感《どうかん》である。

「とにかく！　現行犯逮捕《げんこうはんたいほ》！」

パトカーから飛《と》び出《だ》した冬吹刑事《ふぶきけいじ》がラッコを捕《つか》まえて、手錠《てじょう》をかけ——ようとしたが、ラッコは手首《てくび》が細《ほそ》すぎるのでかけられず、仕方《しかた》なく抱《だ》っこした。

「や〜め〜て〜」

と、短《みじか》い後《うし》ろ足《あし》をジタバタさせるラッコ。

「動物虐待《どうぶつぎゃくたい》よ！」

「ひど〜い！」

「ママ〜、性格《せいかく》の悪《わる》そうなお姉《ねえ》さんが、動物《どうぶつ》をいじめてるよ！」

「警察《けいさつ》を呼《よ》ぼう、警察《けいさつ》を！」

通行人《つうこうにん》たちは、冬吹刑事《ふぶきけいじ》に白《しろ》い目《め》を向《む》ける。

「だから！　私《わたし》たちが警察《けいさつ》だって！」

冬吹刑事《ふぶきけいじ》は、あたりにいたラッコとアザラシを片《かた》っ端《ぱし》から捕《つか》まえて、パトカーの後部座《こうぶざ》席《せき》に放《ほう》り込《こ》むと、アリスたちにも命《めい》じる。

「ほら、あんたたちも手伝《てつだ》って！」

「むにゅう、下手《へた》に手伝《てつだ》うと、探偵社《たんていしゃ》の好感度《こうかんど》が下《さ》がりそうなんですが？」

「かといって、放《ほう》ってもおけないしね」

Ｐ《ピー》・Ｐ《ピー》・ジュニアと琉生《るい》も、ラッコとアザラシを捕《つか》まえにかかった。

もちろん、アリスも捕《つか》まえようとしたが――。

「……よ」

ひょい！

ひょいひょい！

「なんと」

「今度《こんど》こそ」

ひょひょいのひょい！

アリスより動《うご》きの遅《おそ》いラッコやアザラシはいない。

で、結局《けっきょく》。

強盗団《ごうとうだん》のほとんどは、琉生《るい》と冬吹刑事《ふぶきけいじ》それにＰ《ピー》・Ｐ《ピー》・ジュニアで逮捕《たいほ》した。

「これで全部《ぜんぶ》ですか？」

最後《さいご》の１匹《ぴき》をパトカーに押《お》し込《こ》んだＰ《ピー》・Ｐ《ピー》・ジュニアが、冬吹刑事《ふぶきけいじ》に尋《たず》ねる。

「まだまだよ。他《ほか》の場所《ばしょ》にも出《で》てるらしいから」

冬吹刑事《ふぶきけいじ》は首《くび》を横《よこ》に振《ふ》ると、1ダース近《ちか》いラッコとアザラシに言《い》い聞《き》かせた。

「あんたたち、強盗《ごうとう》やるならもっと市《し》の中心《ちゅうしん》で全員《ぜんいん》まとまってやりなさい！　あっちこっちに捕《つか》まえに行《い》くのだって大変《たいへん》なんだから！」

「は～い！」

ラッコたちは元気《げんき》に返事《へんじ》をする。

「な、何《なん》だか力《ちから》が抜《ぬ》けますね？」

「同感《どうかん》だよ、ペンギン君《くん》」

P《ピー》・P《ピー》・ジュニアと琉生《るい》は苦笑《くしょう》した。

一方《いっぽう》。

(何《なに》かが……引《ひ》っかかります)

アリスは大人《おとな》しく捕《つか》まった強盗団《ごうとうだん》を見《み》つめながら、何《なに》かモヤモヤする感《かん》じを覚《おぼ》えていた。

(どこかおかしいような気《き》がするのですが)

アリスは優《すぐ》れた推理力《すいりりょく》を持《も》っているが、考《かんが》えるスピードはかなり遅《おそ》い。

だから、学校《がっこう》の試験《しけん》でも、最後《さいご》まで解答《かいとう》できたことがない。

でも。

そんなアリスには奥《おく》の手《て》がある。

「ちょっとトイレに」

みんなにそう断《ことわ》ってから、アリスは人目《ひとめ》につかない場所《ばしょ》にひとりで移動《いどう》した。

そして、ポシェットから手鏡《てかがみ》を取《と》り出《だ》すと、その表面《ひょうめん》にそっと指《ゆび》で触《ふ》れる。

「鏡《ミラー》よ、鏡《ミラー》」

「アリス・リドル、登場《エンター、アリス・リドル》」

鏡《かがみ》の国《くに》では、時間《じかん》の流《なが》れが外《そと》と比《くら》べてかなり遅《おそ》い。

だから、アリスは推理《すいり》を巡《めぐ》らせる時《とき》、こちらの世界《せかい》にやってくる。鏡《かがみ》の国《くに》で何日《なんにち》、何年《なんねん》過《す》ごしても、外《そと》ではほんの一瞬《いっしゅん》なのだ。

「では」

アリスは近《ちか》くにあった丸《まる》テーブルに腰《こし》かけると、目《め》を閉《と》じた。

刑事課《けいじか》にあった地図《ちず》。

事件《じけん》の起《お》きた場所《ばしょ》。

ラッコやアザラシの盗《と》ったお金《かね》。

いろいろな事柄《ことがら》が、アリスの頭《あたま》の中《なか》でグルグル回転《かいてん》して——。

「……これは大変《たいへん》」

アリスは目《め》を開《ひら》いた。

「ししょ〜」

アリス・リドルになってこちらの世界《せかい》に戻《もど》ったアリスは、P《ピー》・P《ピー》・ジュニアに向《む》かって尋《たず》ねる。

「強盗事件《ごうとうじけん》が起《お》きていない場所《ばしょ》は？」

「起《お》きてない場所《ばしょ》は——」

P《ピー》・P《ピー》・ジュニアは背中《せなか》のリュックから市内《しない》の地図《ちず》を取《と》り出《だ》して広《ひろ》げてみる。

「市《し》の中心部《ちゅうしんぶ》ですかねえ？　赤妃銀行《あかひぎんこう》や駅《えき》がある」

「そうか！　アリス・リドル君《くん》、君《きみ》の言《い》いたいことが分《わ》かったよ！」

琉生《るい》も『地球温暖化《ちきゅうおんだんか》と戦《たたか》う北極強盗団《ほっきょくごうとうだん》』の本当《ほんとう》の狙《ねら》いに気《き》がついたらしい。

「うにゅ、なるほどです！　冬吹刑事《ふぶきけいじ》、ムソルグスキー総統《そうとう》の目的《もくてき》は、警察《けいさつ》を市《し》の中心部《ちゅうしんぶ》から引《ひ》き離《はな》すことです！　駅前《えきまえ》まで戻《もど》りましょう！」

P《ピー》・P《ピー》・ジュニアはアリスに抱《かか》えられて、ラッコとアザラシでいっぱいのパトカーの後《こう》部座席《ぶざせき》に乗《の》り込《こ》む。

「飛《と》ばすわよ！」

冬吹刑事《ふぶきけいじ》は運転席《うんてんせき》に着《つ》くと、アクセルを思《おも》い切《き》り踏《ふ》み込《こ》んだ。


雪《ゆき》で通行止《つうこうど》めになっているところを避《さ》けて何《なん》とか駅前《えきまえ》にたどり着《つ》くと、ラッコやアザラシたちが赤妃銀行《あかひぎんこう》の前《まえ》に集《あつ》まっているのが見《み》えた。

「最初《さいしょ》から銀行《ぎんこう》を襲《おそ》う気《き》だったんですね！」

P《ピー》・P《ピー》・ジュニアたちは、ラッコとアザラシをかき分《わ》けるようにして銀行《ぎんこう》に飛《と》び込《こ》んだ。

すると——。

「雪《ゆき》だるま？」

銀行《ぎんこう》のロビーには、たくさんの雪《ゆき》だるまが並《なら》べられていた。

「……人《ひと》が閉《と》じこめられてる！」

雪《ゆき》だるまのひとつを壊《こわ》して、琉生《るい》が中《なか》を確《たし》かめる。どうやら『地球温暖化《ちきゅうおんだんか》と戦《たたか》う北極強《ほっきょくごう》盗団《とうだん》』は、銀行員《ぎんこういん》やお客《きゃく》さんを雪《ゆき》だるまにして動《うご》けなくしたようだ。

「みんなを助《たす》けてください！　私《わたし》たちは奥《おく》へ！」

強盗団《ごうとうだん》の親玉《おやだま》であるシロクマの姿《すがた》がないことに気《き》がついて、P《ピー》・P《ピー》・ジュニアが冬吹刑《ふぶきけい》事《じ》に言《い》った。

「わ、分《わ》かった！」

冬吹刑事《ふぶきけいじ》は雪《ゆき》だるまを壊《こわ》して、中《なか》の人《ひと》たちの救助《きゅうじょ》に取《と》りかかる。

「オカネガスキー総統《そうとう》はどこに？」

アリスはP《ピー》・P《ピー》・ジュニアの後《あと》に続《つづ》きながら尋《たず》ねた。

「おそらく、大金庫《だいきんこ》か貸《か》し金庫室《きんこしつ》でしょう！　それと、ムソルグスキー総統《そうとう》ですよ」

貸《か》し金庫《きんこ》というのは貴重品《きちょうひん》を保管《ほかん》する小《ちい》さな金庫《きんこ》のこと。その小《ちい》さな金庫《きんこ》がたくさんあるのが貸《か》し金庫室《きんこしつ》で、赤妃銀行《あかひぎんこう》では地下《ちか》にある。

「僕《ぼく》は大金庫《だいきんこ》を！　ペンギン君《くん》たちは貸《か》し金庫室《きんこしつ》の方《ほう》へ！」

と、琉生《るい》。

「だ〜か〜ら〜！　探偵《たんてい》シュヴァリエに命令《めいれい》される覚《おぼ》えはありません！」

P《ピー》・P《ピー》・ジュニアはヒレをパタパタしながらも、地下《ちか》の貸《か》し金庫室《きんこしつ》の方《ほう》へと向《む》かった。


「あれは？」

貸《か》し金庫室《きんこしつ》に入《はい》ると、ラッコやアザラシと一緒《いっしょ》になって、貸《か》し金庫《きんこ》を片《かた》っ端《ぱし》から開《あ》けているシロクマの姿《すがた》があった。白瀬消防署《しらせしょうぼうしょ》のマスコット・キャラ、『シロクマン』にちょっと似《に》ているが、軍隊《ぐんたい》っぽい帽子《ぼうし》をかぶり、鼻《はな》の上《うえ》に丸《まる》メガネをかけていて、胸《むね》にはたくさんの勲章《くんしょう》がついているところが違《ちが》う。

「おや？　お客様《きゃくさま》ですか？」

シロクマはアリスたちに気《き》がついて、金庫《きんこ》から顔《かお》を上《あ》げる。

「あなたがムソルグスキー総統《そうとう》さんですか？」

人《ひと》、いや、熊違《くまちが》いしたらいけないので、いちおうアリスは尋《たず》ねた。

「いかにも私《わたし》はパウル・B《ビー》・ムソルグスキー総統《そうとう》です。この私《わたし》めをご存《ぞん》じとは、もしや、あなたは地球環境《ちきゅうかんきょう》に関心《かんしん》がおありですかな？」

ムソルグスキー総統《そうとう》は前足《まえあし》の爪《つめ》で丸《まる》メガネを押《お》し上《あ》げると、『ストップ温暖化《おんだんか》！』と書《か》かれたワッペンをアリスたちに渡《わた》した。

「これはお近《ちか》づきのしるしに」

「いりませんよ、こんなの」

P《ピー》・P《ピー》・ジュニアはそう言《い》いながらも、ワッペンをリュックにしまった。

「ともかく、逃《に》げ道《みち》は私《わたし》とアリスでふさぎました。もう逃《に》げられませんよ、ムソルグスキー総統《そうとう》」

P《ピー》・P《ピー》・ジュニアは宣言《せんげん》したが、アリスとしてはシロクマを相手《あいて》にできる自信《じしん》はない。

「果《は》たして、そうでしょうか？」

ムソルグスキー総統《そうとう》がニヤリと笑《わら》ったその時《とき》——。

「敵《てき》は常《つね》にひとりと思《おも》わねえ方《ほう》がいいぜ、P《ピー》・P《ピー》・ジュニア」

アリスたちの背中《せなか》の方《ほう》から声《こえ》がした。

「もしや、その声《こえ》？」

P《ピー》・P《ピー》・ジュニアが振《ふ》り返《かえ》る。

「そのと〜り！」

そこに立《た》っていたのは、右目《みぎめ》に眼帯《がんたい》をした皇帝《こうてい》ペンギンだった。

「あれは……」

アリスはこの皇帝《こうてい》ペンギンに見覚《みおぼ》えがある。ロボットを使《つか》って悪事《あくじ》を働《はたら》く、ペンギン犯《はん》罪組織《ざいそしき》の首領《しゅりょう》、ハンニバル・J《ジェイ》・サイクロプス大佐《たいさ》だ。

だが。

「………どなたですか？」

P《ピー》・P《ピー》・ジュニアは大佐《たいさ》をしばらく見《み》つめていたが、やがて首《くび》をひねって尋《たず》ねた。

「あっれえ〜？　またこのパターン？」

満《まん》を持《じ》して登場《とうじょう》したサイクロプス大佐《たいさ》は、目《め》を丸《まる》くして固《かた》まる。

実《じつ》は。

P《ピー》・P《ピー》・ジュニアと大佐《たいさ》は小学校《しょうがっこう》の同級生《どうきゅうせい》らしい。

だがこの前《まえ》、復讐《ふくしゅう》に燃《も》える大佐《たいさ》がP《ピー》・P《ピー》・ジュニアの前《まえ》に現《あらわ》れた時《とき》、P《ピー》・P《ピー》・ジュニアは完全《かんぜん》に大佐《たいさ》のことを忘《わす》れていたのだ。

「ちょっと待《ま》ってくださいよ、十二指腸《じゅうにしちょう》のあたりまで出《で》かかってるんで」

P《ピー》・P《ピー》・ジュニアはヒレをこめかみに当《あ》て、ウ〜ンとうなる。

「お前《まえ》な！　十二指腸《じゅうにしちょう》ってずいぶん下《した》だな！　普通《ふつう》こういう場合《ばあい》、のど元《もと》まで出《で》かかってるって言《い》うもんじゃないのかよ！」

「それほどは、思《おも》い出《だ》せていないもので」

P《ピー》・P《ピー》・ジュニアは肩《かた》をすくめてから、ポンッとヒレを打《う》つ。

「もしかして、イタリアに観光旅行《かんこうりょこう》に行《い》った時《とき》、一緒《いっしょ》に記念写真《きねんしゃしん》を撮《と》ったマッテオ君《くん》？」

「違《ちが》うだろ！　お前《まえ》なあああああっ！」

大佐《たいさ》の怒《いか》りは頂点《ちょうてん》に達《たっ》する。

「十二指腸《じゅうにしちょう》……ペンギンにあるんでしょうか？」

アリスは小声《こごえ》でムソルグスキー総統《そうとう》に尋《たず》ねた。

「さ、さあ？」

総統《そうとう》は首《くび》をひねる。

「ともか〜く！」

サイクロプス大佐《たいさ》は気《き》を取《と》り直《なお》して、話《はなし》を先《さき》に進《すす》める。

「P《ピー》・P《ピー》・ジュニアと、何《なん》とかアリス！　お前《まえ》らを倒《たお》すため、恐怖《きょうふ》のハンニバル・J《ジェイ》・サイクロプス大佐《たいさ》が、恐怖《きょうふ》の地獄《じごく》から戻《もど》ってきたぜ！　……って言《い》っても、本当《ほんとう》に地獄《じごく》に行《い》ってた訳《わけ》じゃないからな。だとしたら死《し》んでるし。これはつまり比喩《ひゆ》ってやつだ！」

「比喩《ひゆ》？」

アリスは聞《き》き返《かえ》す。

「お前《まえ》、底抜《そこぬ》けに頭悪《あたまわる》いな。比喩《ひゆ》ってのはな、たとえってことだ」

「……だったら、最初《さいしょ》からそう言《い》って欲《ほ》しいです」

アリスはちょっと落《お》ち込《こ》んだ。

「彼《かれ》には手伝《てつだ》ってもらっているのですよ。私《わたし》たちの崇高《すうこう》な目的《もくてき》を実現《じつげん》するために！」

ムソルグスキー総統《そうとう》がサイクロプス大佐《たいさ》の隣《となり》に行《い》って、大佐《たいさ》の肩《かた》に前足《まえあし》を置《お》く。

「崇高《すうこう》な目的《もくてき》？」

アリスはまた聞《き》き返《かえ》した。

「はい！　私《わたし》たちが目指《めざ》すのは、地球温暖化《ちきゅうおんだんか》のない自然《しぜん》に優《やさ》しい社会《しゃかい》！　シロクマとその仲間《なかま》が創《つく》り出《だ》す新世界《しんせかい》！　それこそが、氷《こおり》による、氷《こおり》のための氷《こおり》の帝国《ていこく》！　第三氷河期帝《だいさんひょうがきてい》国《こく》なのです！　はい、みなさ～ん！」

ムソルグスキーがどこからか指揮棒《しきぼう》を取《と》り出《だ》して合図《あいず》すると、ラッコやアザラシたちが直立不動《ちょくりつふどう》の姿勢《しせい》をとって歌《うた》い始《はじ》める。

地球《ちきゅう》を壊《こわ》す温暖化《おんだんか》
許《ゆる》しちゃいけない人類《じんるい》め！
目指《めざ》せ、零下《れいか》の白《しろ》い星《ほし》
太平洋《たいへいよう》を凍《こお》らせて
ハワイやグアムを雪国《ゆきぐに》に

雪《ゆき》だるマークの旗《はた》のもと！
戦《たたか》え、僕《ぼく》らの第三氷河期帝国《だいさんひょうがきていこく》！
祝日《しゅくじつ》ちょっと多《おお》いぞ、僕《ぼく》らの第三氷河期帝国《だいさんひょうがきていこく》！

自然破壊《しぜんはかい》の温室効果《おんしつこうか》
許《ゆる》しちゃいけないCO2《シーオーツー》！
目指《めざ》せ、凍土《とうど》の白《しろ》い星《ほし》
雪《ゆき》をこんこん積《つ》もらせて
サハラ砂漠《さばく》はスキー場《じょう》
雪《ゆき》だるマークの旗《はた》のもと！
戦《たたか》え、僕《ぼく》らの第三氷河期帝国《だいさんひょうがきていこく》！
冬休《ふゆやす》み長《なが》いぞ、僕《ぼく》らの第三氷河期帝国《だいさんひょうがきていこく》！

「……悪《あく》の首領《しゅりょう》って、みんな歌《うた》を作《つく》りたがるのでしょうか？」

アリスは首《くび》をひねらざるを得《え》ない。

サイクロプス大佐《たいさ》にも変《へん》な歌《うた》を聞《き》かされた覚《おぼ》えがあるのだ。

「倒《たお》せ、二酸化炭素《にさんかたんそ》！」

ムソルグスキー総統《そうとう》が右前足《みぎまえあし》を高《たか》く掲《かか》げる。

「倒《たお》せ、二酸化炭素《にさんかたんそ》！」

ラッコやアザラシたちが右前足《みぎまえあし》を上《あ》げて声《こえ》をそろえた。

「大《おお》きなことを言《い》っても、やっていることは銀行強盗《ぎんこうごうとう》じゃないですか？」

P《ピー》・P《ピー》・ジュニアが腰《こし》にヒレを当《あ》てて、ムソルグスキー総統《そうとう》を見上《みあ》げる。

実《じつ》は、大型肉食動物《おおがたにくしょくどうぶつ》が大《だい》の苦手《にがて》であるP《ピー》・P《ピー》・ジュニア。

水《みず》かきがプルプルと震《ふる》えているけれど、アリスはそこは見《み》なかったことにする。

「くっくっくっく、お金《かね》が欲《ほ》しくて、私《わたし》がこの壮大《そうだい》な計画《けいかく》を立《た》てたとでも？　それはいささか、傷《きず》つきますねえ？」

ムソルグスキー総統《そうとう》はのどの奥《おく》で笑《わら》った。

「銀行《ぎんこう》を襲《おそ》っておいて、お金《かね》がいらないので？」

と、アリス。

「教《おし》えてあげてもいいでしょう！」

ムソルグスキー総統《そうとう》は両前足《りょうまえあし》を大《おお》きく広《ひろ》げた。

「ここの貸《か》し金庫《きんこ》には、アメリカ政府《せいふ》が異星人《いせいじん》の発明家《はつめいか》に作《つく》らせたアイスキャンディ・マシンが眠《ねむ》っているのですよ！」

「アイスキャンディ・マシン？」

P《ピー》・P《ピー》・ジュニアの目《め》が点《てん》になった。

「そう！　この世《よ》のありとあらゆるものをアイスキャンディに変《か》える変換装置《へんかんそうち》です！　二《に》酸化炭素《さんかたんそ》を出《だ》す車《くるま》も、火力発電所《かりょくはつでんしょ》も、み〜んなアイスキャンディに！」

アリスに仕組《しく》みは分《わ》からないが、恐《おそ》ろしい発明《はつめい》であることに間違《まちが》いない。

「そんなすごい発明《はつめい》がどうして白瀬市《しらせし》の銀行《ぎんこう》に？」

P《ピー》・P《ピー》・ジュニアがもっともな疑問《ぎもん》を口《くち》にする。

「……その理由《りゆう》を知《し》ったら、あなたもアメリカ政府《せいふ》から命《いのち》を狙《ねら》われますよ」

ムソルグスキー総統《そうとう》は背中《せなか》で手《て》を組《く》んで、クルリと向《む》きを変《か》えた。

適当《てきとう》なことを言《い》ってるが、総統《そうとう》もよくは知《し》らないのだろう。

と、その時《とき》。

「そ〜と〜さま〜、ありました〜！」

1匹《ぴき》のラッコが水色《みずいろ》の小《ちい》さな箱《はこ》を持《も》ってきて、ムソルグスキー総統《そうとう》に手渡《てわた》した。

「おおっ！　これこそがアイスキャンディ・マシン！」

ムソルグスキー総統《そうとう》は瞳《ひとみ》を輝《かがや》かせる。

「……これでここにはもう用《よう》がありませんね。この方《かた》たちの始末《しまつ》は任《まか》せますよ、大佐《たいさ》」

「おう！　P《ピー》・P《ピー》・ジュニアよ、お前《まえ》はここで恐怖《きょうふ》の死《し》を――」

サイクロプス大佐《たいさ》がそう言《い》いかけたところに。

「アリス・リドル君《くん》！」

「雪《ゆき》だるまの人《ひと》たちはみんな助《たす》けたから！」

琉生《るい》と冬吹刑事《ふぶきけいじ》が駆《か》けつけてきた。

「って、仲間《なかま》連《つ》れてきたのかよ！　卑怯《ひきょう》じゃん！　探偵《たんてい》だろ！」

サイクロプス大佐《たいさ》は抗議《こうぎ》する。

「でも、そっちの方《ほう》が数《かず》が多《おお》いです」

P《ピー》・P《ピー》・ジュニアが指摘《してき》した。

「悪《あく》の組織《そしき》はそれでいいの！」

サイクロプス大佐《たいさ》はヒレをパタパタさせて主張《しゅちょう》する。

「大佐《たいさ》。悪《わる》いけど、白瀬署《しらせしょ》にも連絡《れんらく》した。すぐに警官隊《けいかんたい》がやってきてこの銀行《ぎんこう》を囲《かこ》む。逃《に》げられはしないよ」

琉生《るい》はそう言《い》ったが、この雪《ゆき》で警察《けいさつ》が集《あつ》まるのはしばらく後《あと》のことになりそうだ。

「そうですか、そうですか」

ムソルグスキー総統《そうとう》は余裕《よゆう》たっぷりだ。

「では、お巡《まわ》りさんたちも一緒《いっしょ》にアイスキャンディになってもらいましょうか？」

前足《まえあし》の爪《つめ》が、水色《みずいろ》のアイスキャンディ・マシンのスイッチにかかる。

「そんなにアイスキャンディが好《す》きなので？」

とにかく時間《じかん》を稼《かせ》ごうと、アリスは聞《き》いてみる。

「もちろん！」

ムソルグスキー総統《そうとう》は大《おお》きく頷《うなず》く。

「この世《よ》の中《なか》にアイスキャンディほどすばらしいものがありますか⁉　いえ、ありません！　あの冷《つめ》たさ、あの甘《あま》さ！　私《わたし》のアイスキャンディ愛《あい》は、マリアナ海溝《かいこう》よりも深《ふか》く！　チョモランマよりも高《たか》く！　校長先生《こうちょうせんせい》のお説教《せっきょう》よりも長《なが》いのです！」

ムソルグスキー総統《そうとう》は、グッとこぶしを握《にぎ》りしめる。

「アイスキャンディこそ究極《きゅうきょく》のデザート！　人間《にんげん》たちよ、アイスキャンディにひれ伏《ふ》しなさい！　そして我々《われわれ》の配下《はいか》となり、温暖化《おんだんか》から地球《ちきゅう》を救《すく》うのです！　さあ、ご一緒《いっしょ》に！」

「アイスキャンディ、万歳《ばんざい》！」

「アイスキャンディ、ばっざ〜い！」

アザラシやラッコたちが、両手《りょうて》を上《あ》げて声《こえ》をそろえる。

「この雪《ゆき》を降《ふ》らせているのも君《きみ》だろう？　白瀬市《しらせし》を冷《ひ》やしている装置《そうち》はどこだい？」

今度《こんど》は琉生《るい》がムソルグスキー総統《そうとう》に質問《しつもん》した。

「ふふふ、それは俺《おれ》に聞《き》いてもらおうか？」

進《すす》み出《で》たのはサイクロプス大佐《たいさ》である。

「出《い》でよ、グリム・ブラザーズの悪《あく》の通販《つうはん》ショップで買《か》った恐怖《きょうふ》の巨大《きょだい》ロボ『アンスロポルニス2世《せい》』！　3週間恐怖《しゅうかんきょうふ》の保証《ほしょう》付きで28億《おく》2828万円《まんえん》！」

巨大《きょだい》な鋼鉄《こうてつ》のかたまりが、地響《じひび》きとともに壁《かべ》を破《やぶ》り、大佐《たいさ》たちの後《うし》ろに立《た》った。

身長《しんちょう》が10メートルほどもある、ペンギン型《がた》の巨大《きょだい》ロボットだ。

「この恐怖《きょうふ》のアンスロポルニス2世《せい》には、最初《さいしょ》のロボットにはなかった恐怖《きょうふ》の装置《そうち》が組《く》み込《こ》まれている！　恐怖《きょうふ》のヒエ～ル・スーパー28号《ごう》がな！」

サイクロプス大佐《たいさ》は胸《むね》を張《は》る。

「この恐怖《きょうふ》のアンスロポルニス2世《せい》を倒《たお》さない限《かぎ》り！　白瀬市《しらせし》が恐怖《きょうふ》で凍《こお》りつくのを、止《と》めることはできないのだ！」

ゴゴゴゴゴ～ッ！

アンスロポルニス2世《せい》はアリスたちの方《ほう》に向《む》かって足《あし》を踏《ふ》み出《だ》そうとしたが――。

「……あれ？」

アンスロポルニス2世《せい》はしゃがんだ姿勢《しせい》のまま、なかなか動《うご》くことができない。

地下《ちか》の貸《か》し金庫室《きんこしつ》は、天井《てんじょう》が低《ひく》すぎるのだ。それでも、何《なん》とか前《まえ》に進《すす》もうとするものだから――ツルッと足《あし》を滑《すべ》らせて、顔《かお》が床《ゆか》に激突《げきとつ》した。

クチバシと目《め》から煙《けむり》が上《あ》がり、エンジンが停止《ていし》する。

「簡単《かんたん》に止《と》まりましたが？」

アリスはサイクロプス大佐《たいさ》を見《み》つめた。

「…………ピ、ピュ、ピュピュ～、ピュピュピュピュピュ～」

大佐《たいさ》は目《め》をそらし、口笛《くちぶえ》を吹《ふ》き始《はじ》めた。

クチバシで、どうやって口笛《くちぶえ》を吹《ふ》いているのかは不明《ふめい》だが、アリスは深《ふか》く追求《ついきゅう》するのはとりあえずやめておく。

「ところで」

P《ピー》・P《ピー》・ジュニアは停止《ていし》したアンスロポルニス2世《せい》をちょっと調《しら》べてから、ムソルグスキー総統《そうとう》に告《つ》げる。

「このロボット、石油《せきゆ》を使《つか》ったエンジンで動《うご》いてたようですが、地球環境《ちきゅうかんきょう》にいいんでしょうか？」

「何《なん》ですと!?」

ムソルグスキー総統《そうとう》の顔色《かおいろ》が――実際《じっさい》には白《しろ》いままだけど――変《か》わった。

「大佐《たいさ》、どういうことでしょう？　我々《われわれ》は、地球環境《ちきゅうかんきょう》を守《まも》るために手《て》を組《く》んだはずでは？」

「…………えへ？」

サイクロプス大佐《たいさ》は可愛《かわい》く笑《わら》ってごまかそうとしたが、総統《そうとう》は大佐《たいさ》のマントの首《くび》のところをつかんで持《も》ち上《あ》げた。

「みなさん、お仕置《しお》きの時間《じかん》です」

ムソルグスキー総統《そうとう》はラッコたちに向《む》かってそう言《い》うと、サイクロプス大佐《たいさ》を放《ほう》り出《だ》す。

「おしおき～！」

ラッコたちは、貝《かい》を割《わ》るのに使《つか》う石《いし》でポカポカと大佐《たいさ》を叩《たた》いた。

「ちょ、ちょっと！　まずはあいつらを倒《たお》すのが先《さき》だろ！　やめようよ、悪《あく》の組織《そしき》の仲間《なかま》割《わ》れなんて～！」

「P《ピー》・P《ピー》・ジュニア君《くん》、探偵《たんてい》シュヴァリエ、それにアリス君《くん》。これは返《かえ》しますよ」

ムソルグスキー総統《そうとう》はアリスたちを振《ふ》り返《かえ》ると、アイスキャンディ・マシンを投《な》げる。

「どうも」

琉生《るい》がそれをつかみ、頷《うなず》いた。

「今回《こんかい》はこちらの作戦《さくせん》に問題《もんだい》があったようですが、次《つぎ》はこうはいきませんよ。あなたたちを倒《たお》し、温暖化《おんだんか》を止《と》めてみせます」

ムソルグスキー総統《そうとう》は、キラリと白《しろ》い牙《きば》を見《み》せてアリスたちにウインクする。

「では、さらば！」

そしてマントをひるがえすと、白目《しろめ》をむいているサイクロプス大佐《たいさ》の首根《くびね》っこをつかみ、ものすごいスピードで逃《に》げていった。

「僕《ぼく》らを倒《たお》しても、温暖化《おんだんか》は止《と》められないと思《おも》うけどね」

琉生《るい》はその後《うし》ろ姿《すがた》を見送《みおく》ってつぶやく。

「まあ、そのアイスキャンディ・マシンが使《つか》われなくってよかったわよ」

冬吹刑事《ふぶきけいじ》がほっとため息《いき》をついた。

「迷惑《めいわく》な話《はなし》です。総統《そうとう》も、温暖化《おんだんか》も」

そうアリスが頷《うなず》いたところで。

琉生《るい》のスマートフォンに着信《ちゃくしん》があった。

「計太《けいた》だ」

琉生《るい》ははっとして、スマートフォンをポケットから取《と》り出《だ》す。

「すっかり忘《わす》れたよ。クリスマス・パーティの相談《そうだん》を夕星《ゆうずつ》さんたちとする予定《よてい》だったんだ。」

「…………そ、そう？」

アリスもそう言《い》われて、みんなでドーナッツ店《てん》『ミルキー・ドーナッツ』に集《あつ》まるはずだったことをやっと思《おも》い出《だ》した。


助《たす》けて！　僕《ぼく》だけで赤妃《あかひ》さんの相手《あいて》するのはキツいよ！


送《おく》られてきたメッセージを見《み》ると、リリカとふたりきりという気《き》まずい状態《じょうたい》で泣《な》きそうになっている計太《けいた》の姿《すがた》が目《め》に浮《う》かぶようだ。

「夕星《ゆうずつ》アリスを呼《よ》んできます」

アリスはいったんこの場《ば》から消《き》え、変身《へんしん》を解《と》いてからまた戻《もど》る。

「後《あと》の仕事《しごと》は任《まか》せてください。アリスたちは計太君《けいたくん》の救出《きゅうしゅつ》に」

P《ピー》・P《ピー》・ジュニアがアリスたちに告《つ》げる。

「じゃあ、お言葉《ことば》に甘《あま》えて、待《ま》ち合《あ》わせ場所《ばしょ》に行《い》こうか？」

「はい」

琉生《るい》とアリスは急《いそ》いで『ミルキー・ドーナッツ』へと向《む》かったが——。

雪《ゆき》のせいでさらに30分《ぷん》かかった。

ファイル・ナンバー1

鏡《かがみ》の国《くに》のトンデモ裁《さい》判《ばん》

「……どうするべきか？」

アリスは途方《とほう》に暮《く》れていた。

アリスを悩《なや》ませているのは、プレゼントの問題《もんだい》である。

この前《まえ》、みんなでクリスマス・パーティの相談《そうだん》をした時《とき》のこと――。

「みなさ〜ん！　今回《こんかい》のゴ〜ジャスなクリスマス・パーティでは！　ひとりひとつずつプレゼントを持《も》ち寄《よ》って、全員《ぜんいん》で交換《こうかん》することにしますわよ！　ナ〜イスなアイデアでしょう!?」

と、リリカがいきなり宣言《せんげん》したのだ。

「いい考《かんが》えですね。それだったら、お金《かね》もあんまりかからないだろうし」

真《ま》っ先《さき》に賛成《さんせい》したのは、計太《けいた》である。

「面白《おもしろ》いな、それ」

と、琉生《るい》。

ただ。

アリスだけはこの時《とき》、ひとりだけ落《お》ち込《こ》んだ。

何故《なぜ》なら――。


(クリスマスのプレゼントと言《い》えば……言《い》えば……言《い》えば……言《い》えば？)

自分《じぶん》にプレゼントを選《えら》ぶ才能《さいのう》がないことを、アリスはよく知《し》っていたのである。

前《まえ》にウィーンの学校《がっこう》にいた時《とき》、クラスメートの誕生日《たんじょうび》に贈《おく》ったのは、巨大《きょだい》なクモのぬいぐるみだった。絶対《ぜったい》に気《き》に入《い》ってもらえる自信《じしん》があったのだが、そのクラスメートはプレゼントの箱《はこ》を開《あ》けた瞬間《しゅんかん》に気絶《きぜつ》した。

探偵社《たんていしゃ》の研修《けんしゅう》でロンドンに行《い》った時《とき》に、友《とも》だちになったシャーリー・ホームズにあげたのは、日本《にほん》みやげの紫《むらさき》の仏像《ぶつぞう》だった。

あれもかなり、微妙《びみょう》な顔《かお》をされた。

他《ほか》にも、毛虫《けむし》の格好《かっこう》をしたペンケースとか、水《みず》たまりの写真集《しゃしんしゅう》とか、斜《なな》めになったテーブルで使《つか》うための傾《かたむ》いたカップとか。いろいろとプレゼントを贈《おく》ってはいるのだが、残念《ざんねん》なことに、どれも喜《よろこ》ばれたことがないのである。

(考《かんが》えるだけで脳《のう》が……)

そんな訳《わけ》で、アリスはこの数日《すうじつ》ず〜っと頭痛《ずつう》に悩《なや》まされているのだが。

この「プレゼント音痴《おんち》」と言《い》ってもいい趣味《しゅみ》の悪《わる》さ、アリス個人《こじん》の問題《もんだい》というより、遺伝《いでん》のせいかも知《し》れない。

アリス自身《じしん》、今《いま》までパパからへんてこなプレゼントしかもらってこなかったのだから。

ハイチの呪《のろ》い人形《にんぎょう》に、南《みなみ》アフリカの奇怪《きかい》な仮面《かめん》、ギリシャの遺跡《いせき》で発掘《はっくつ》された変《へん》な壷《つぼ》、サメの歯《は》の化石《かせき》に、浮世絵《うきよえ》の柄《がら》のアロハシャツ。

アリスの部屋《へや》は、パパが送《おく》ってきた怪《あや》しい品物《しなもの》でいっぱいなのだ。

(今度《こんど》こそ、失敗《しっぱい》しないようにせねば……と思《おも》うだけで落《お》ち込《こ》む)

いよいよ暗《くら》くなるアリス。

だが、ふとこの時《とき》。アリスの目《め》に、壁《かべ》にかかった鏡《かがみ》が飛《と》び込《こ》んできた。

「……おお」

突然《とつぜん》、名案《めいあん》が浮《う》かんだ。

鏡《かがみ》をプレゼントしよう、と思《おも》ったのではない。

別《べつ》に、こちらの世界《せかい》のプレゼントにこだわる必要《ひつよう》はない、ということに気《き》がついたのだ。

「あっちの世界《せかい》なら、珍《めずら》しいプレゼントが手《て》に入《はい》るかも」

鏡《かがみ》の世界《せかい》には、帽子屋《ぼうしや》という不思議《ふしぎ》なアイテム・ショップもある。

あの帽子屋《ぼうしや》になら、面白《おもしろ》いプレゼントがあるに違《ちが》いない。

「我《われ》ながら、いい作戦《さくせん》です」

アリスはここで思《おも》い出《だ》すべきだった。自分《じぶん》が「いい作戦《さくせん》」と感《かん》じたアイデアが、今《いま》まで
ほとんどろくな結果《けっか》を招《まね》いていなかったことを。

「では、さっそく」

アリスが部屋《へや》の鏡《かがみ》に手《て》を伸《の》ばしかけたその時《とき》。

「アリス、事件《じけん》ですよ〜！」

下《した》の応接室《おうせつしつ》からＰ《ピー》・Ｐ《ピー》・ジュニアの声《こえ》が聞《き》こえた。


「しょ〜、その格好《かっこう》？」

アリスが降《お》りていくと、応接室《おうせつしつ》にはライト付《つ》きのヘルメットをかぶり、探検服《たんけんふく》を着《き》たＰ《ピー》・Ｐ《ピー》・ジュニアの姿《すがた》があった。

「白兎君《しらとくん》から捜査《そうさ》の依頼《いらい》です」

Ｐ《ピー》・Ｐ《ピー》・ジュニアはデスクの上《うえ》のパソコン画面《がめん》をアリスの方《ほう》に向《む》けて、『ペンギン探偵《たんてい》社《しゃ》』公式《こうしき》ホームページに来《き》ていた依頼《いらい》を見《み》せる。

件名《けんめい》は「地下《ちか》のミステリー」。

確《たし》かに、計太《けいた》からの依頼《いらい》であり、Ｐ《ピー》・Ｐ《ピー》・ジュニアが探検家《たんけんか》っぽい服装《ふくそう》をしているのも納得《なっとく》だ。ただ、内容《ないよう》については「会《あ》ってから」と書《か》いてある。

（でも、捜査《そうさ》の依頼《いらい》なら、探偵社《たんていしゃ》の公式《こうしき》ホームページじゃなく、自分《じぶん》にメッセージを送《おく》ってもいいのでは？）

アリスはふと思《おも》う。

「で、アリス。計太君《けいたくん》は夕星《ゆうずつ》アリスじゃなくって、アリス・リドルに来《き》て欲《ほ》しいそうです」

「……それでですか」

アリスは自分《じぶん》に連絡《れんらく》しなかった理由《りゆう》が分《わ》かった。

計太《けいた》はアリスのクラスメートだが、何《なに》よりもアリス・リドルの大《だい》ファン。

夕星《ゆうずつ》アリスではなく、アリス・リドルに捜査《そうさ》して欲《ほ》しいのだ。

「……ないがしろにされたようで、クラスメートとしては落《お》ち込《こ》まざるを得《え》ませんが」

アリスはため息《いき》をつきつつ、ポシェットから鏡《かがみ》を取《と》り出《だ》した。

「鏡《ミラー》よ、鏡《ミラー》」

鏡《かがみ》の表面《ひょうめん》に触《ふ》れ、鏡《かがみ》の国《くに》に飛《と》び込《こ》んだアリスは、もうひとりのアリス、名探偵《めいたんてい》アリス・リドルに変身《へんしん》した。
一瞬《いっしゅん》で、地味《じみ》な黒服《くろふく》が水色《みずいろ》のトランプ柄《がら》に変《か》わる。

「アリス・リドル、登場《エンター、アリス・リドル》」

本当《ほんとう》はこのままこちらで帽子屋《ぼうしや》に会《あ》って、プレゼントの相談《そうだん》をしたいところだけど、まだ、パーティまでは数日《すうじつ》ある。

「プレゼントの件《けん》はまた、後《あと》ということで」

アリスは、すぐにこちらの世界《せかい》に戻《もど》ることにした。

「それでは、ちょっと急《いそ》ぎましょうか？　待《ま》ち合《あ》わせの時間《じかん》まで、あと10分《ぷん》ですから」

アリスが戻《もど》ってくると、P《ピー》・P《ピー》・ジュニアは壁《かべ》の時計《とけい》を見《み》てそう告《つ》げた。

「確《たし》かに、急《いそ》いだ方《ほう》がいいかと」

アリス・リドルとP《ピー》・P《ピー》・ジュニアは、計太《けいた》との待《ま》ち合《あ》わせの場所《ばしょ》に向《む》かった。

計太《けいた》は、待《ま》ち合《あ》わせ場所《ばしょ》のファスト・フード店《てん》『ピンク・ミート・バーガー』にもう来《き》ていた。

計太《けいた》は時間《じかん》にとてもうるさい。秒単位《びょうたんい》で予定《よてい》を立《た》てないと、気《き》が済《す》まない性格《せいかく》なのだ。

「アリス・リドルちゃん！」

アリスたちが店内《てんない》に姿《すがた》を見《み》せると、計太《けいた》は手《て》を振《ふ》って呼《よ》び寄《よ》せた。

「アリスは何《なん》にします？」

「ホット・ミルクで」

アリスは計太《けいた》のいる席《せき》に向《む》かい、P《ピー》・P《ピー》・ジュニアはカウンターに行《い》って注文《ちゅうもん》する。

「僕《ぼく》の依頼《いらい》、見《み》てくれました？　と、それより先《さき》にっと」

アリスが正面《しょうめん》に座《すわ》ると、計太《けいた》はさっそく、スマートフォンでアリスの姿《すがた》を撮《と》り始《はじ》めた。

計太《けいた》はインターネット上《じょう》で、『アリス・リドルちゃんのお部屋《へや》』というファン向《む》けのサイトを作《つく》っているのだ。

どうやら、それに載《の》せる写真《しゃしん》のようである。

（恥《は》ずかし過《す》ぎて……胃《い》が）

写真《しゃしん》を撮《と》られるのが苦手《にがて》なアリスは、とにかく話《はなし》を進《すす》めることにした。

「くわしいことは会《あ》ってから、とありましたが？」

「実《じつ》は僕《ぼく》、最近《さいきん》、白瀬市《しらせし》の都市伝説《としでんせつ》を研究《けんきゅう》しているんですけど——」

計太《けいた》はシャッターを切《き》る手《て》を休《やす》め、声《こえ》をひそめる。

「ひとつ、気《き》になる噂《うわさ》があるんです」

「噂《うわさ》？」

と、アリスが聞《き》き返《かえ》したところに。

「都市伝説《としでんせつ》なんて、どこの街《まち》でも似《に》たようなものばかりじゃないんですか？」

トレーを持《も》ったP《ピー》・P《ピー》・ジュニアがやってきて、アリスの隣《となり》に座《すわ》った。

「お墓《はか》の跡《あと》に建《た》った病院《びょういん》に現《あらわ》れる幽霊《ゆうれい》とか、UFO《ユーフォー》で人間《にんげん》をさらって実験材料《じっけんざいりょう》にする宇宙《うちゅう》人《じん》の話《はなし》とか、トンネルの中《なか》を猛《もう》スピードで走《はし》るおばあさんの話《はなし》とか、怪《あや》しげな肉《にく》でハンバーガーを作《つく》るファスト・フード店《てん》の話《はなし》とか、みんな聞《き》いたようなものばかりでしょ？」

怪《あや》しげな肉《にく》、という言葉《ことば》が出《で》た時《とき》、この店《みせ》の店員《てんいん》さんが目《め》をそらしたような気《き》がしたが、アリスは取《と》りあえず、無視《むし》することにした。

「で、どんな噂《うわさ》なんです？」

P《ピー》・P《ピー》・ジュニアは、M《エム》サイズのストロベリー・シェイクをズズ〜ッとすする。

「それがですね――」

計太《けいた》はタブレット端末《たんまつ》を取《と》り出《だ》して、「白瀬市《しらせし》の怖《こわ》～い話《はなし》」というサイトを開《ひら》く。

これも、計太《けいた》がやっているサイトらしい。

「M高校《エムこうこう》の『グレ子《こ》』さんからの情報《じょうほう》なんですが、真夜中《まよなか》になると、駅前広場《えきまえひろば》のマンホールの下《した》から変《へん》な音《おと》が聞《き》こえてくるらしいんです」

（M高校《エムこうこう》の『グレ子《こ》』？）

アリスは何《なん》となく知《し》っている人《ひと》のような気《き》がしたが、ここは黙《だま》っておく。

「県《けん》の下水道局《げすいどうきょく》か、白瀬市《しらせし》の苦情係《くじょうがかり》に連絡《れんらく》してください」

P《ピー》・P《ピー》・ジュニアは席《せき》から立《た》ち上《あ》がった。

「そゆことで」

下水道《げすいどう》に潜《もぐ》るのはちょっと避《さ》けたい。

アリスも席《せき》から立《た》ち上《あ》がろうとする。

「ま、待《ま》ってくださいよ！　もう下水道局《げすいどうきょく》は調《しら》べたんですったら！　でも、異常《いじょう》はないし、音《おと》の出所《でどころ》は分《わ》からないって言《い》うんです！」

計太《けいた》はひとりと1羽《わ》を引《ひ》き止《と》める。

「となると、その『グレ子《こ》』って人《ひと》が、みんなの気《き》を引《ひ》きたくて流《なが》した嘘《うそ》ですよ」

P《ピー》・P《ピー》・ジュニアはクチバシを横《よこ》に振《ふ》った。

「下水道局《げすいどうきょく》の人《ひと》が音《おと》を聞《き》かなかったのは、昼間《ひるま》に調《しら》べたせいですったら！　『グレ子《こ》』さんがマンホールのそばで録《と》ったっていう、証拠《しょうこ》の音《おと》があるんです！　聞《き》いてくださいよ！」

計太《けいた》はタブレットを操作《そうさ》して、その音《おと》を再生《さいせい》した。破《やぶ》れかけた太鼓《たいこ》を叩《たた》いているような音《おと》と、音《おと》の外《はず》れたチェロを馬《うま》のヒヅメで弾《ひ》いたようななり声《ごえ》。少《すく》なくとも、下水道《げすいどう》が詰《つ》まった音《おと》ではなさそうだ。耳《みみ》をふさぎたくなるようなひどい音《おと》である。

夜中《よなか》にこんな音《おと》が聞《き》こえてきたら、確《たし》かに不気味《ぶきみ》だ。

「こんな音《おと》、普通《ふつう》じゃないですよ。そう思《おも》いませんか？」

「確かに《インディード》」

普通《ふつう》じゃない、ということはP《ピー》・P《ピー》・ジュニアも認《みと》める。

「下水道《げすいどう》に何《なに》かがいる、ということかな？」

アリスはつぶやいた。

「ええ。ネットでは未確認生物《みかくにんせいぶつ》、いわゆるUMA《ユーマ》が住《す》み着《つ》いてるんじゃないかって説《せつ》も上《あ》がっていて、これは調《しら》べなくっちゃって思《おも》ったんです」

「もしも――まあ、その確率《かくりつ》は高《たか》いとは思《おも》えませんが――もしも何《なに》かがいたら、危険《きけん》かも知《し》れませんね。調《しら》べるだけ、調《しら》べてみますか」

P《ピー》・P《ピー》・ジュニアはしぶしぶ認《みと》める。

「さすがは日本一《にほんいち》の名探偵《めいたんてい》P《ピー》・P《ピー》・ジュニア！」

計太《けいた》はパッと明《あか》るい顔《かお》になった。

「おだてたって何《なに》も出《で》ませんよ」

P《ピー》・P《ピー》・ジュニアはそう言《い》ったものの、表情《ひょうじょう》がだらしなくゆるんでいる。

「じゃあ、音《おと》がするという夜《よる》に。駅前広場《えきまえひろば》に集合《しゅうごう》ということで」

アリスは計太《けいた》に告《つ》げる。

「……え。ぼ、僕《ぼく》も行《い》くんですか？」

計太《けいた》は凍《こお》りついた。

「依頼人《いらいにん》が行《い》かなくてどうするんです？」

P《ピー》・P《ピー》・ジュニアは、ニマ〜ッと笑《わら》う。

「それに、アリス・リドルも一緒《いっしょ》ですよ」

「是非《ぜひ》、行《い》かせてください！」

計太《けいた》はこぶしをぐっと握《にぎ》りしめた。


そして、午前《ごぜん》0時《じ》45分《ふん》。

「……ねもい」

アリスは駅前広場《えきまえひろば》で、あくびが出《で》そうになるのをこらえていた。

普段《ふだん》なら、とっくに寝《ね》ている時間《じかん》なのである。

「さて、そろそろ潜《もぐ》りましょうか？」

P《ピー》・P《ピー》・ジュニアとアリス・リドル、それに計太《けいた》は駅前《えきまえ》の人通《ひとどお》りが少《すく》なくなるのを待《ま》って、広場《ひろば》のマンホールのふたを開《あ》けた。

P《ピー》・P《ピー》・ジュニアが最初《さいしょ》。続《つづ》いてアリス、計太《けいた》の順番《じゅんばん》で下水道《げすいどう》に降《お》りてゆく。

「…………それらしい音《おと》は、聞《き》こえませんね」

下水道《げすいどう》の足場《あしば》に立《た》ったP《ピー》・P《ピー》・ジュニアは、耳《みみ》を澄《す》ませた。

「水《みず》の流《なが》れる音《おと》だけ」

アリスは頷《うなず》く。

不気味《ぶきみ》な音《おと》とやらは、ぜんぜん聞《き》こえてこない。

「じゃ、じゃあ、今夜《こんや》はもう帰《かえ》りましょうか？」

自分《じぶん》で依頼《いらい》しておいて、いざとなったら怖《こわ》くなったのか、下水道《げすいどう》に降《お》りてから10秒《びょう》で計《けい》太《た》が顔《かお》を強《こわ》ばらせて提案《ていあん》する。

「もう少《すこ》し、あたりを探《さが》してみますよ」

P《ピー》・P《ピー》・ジュニアは、ヘルメットのライトをつけて歩《ある》き出《だ》した。

「この世《よ》のものとは思《おも》えない臭《にお》いです」

P《ピー》・P《ピー》・ジュニアに続《つづ》きながら、アリスはあまりの悪臭《あくしゅう》に涙目《なみだめ》になる。

「音《おと》を聞《き》いたという噂《うわさ》は、このあたりだけなんですか？」

P《ピー》・P《ピー》・ジュニアは計太《けいた》に尋《たず》ねた。

「は、はい。他《ほか》の場所《ばしょ》で謎《なぞ》の音《おと》を聞《き》いた報告《ほうこく》はないです」

計太《けいた》はビクビクしながら答《こた》える。

「となると、このあたりに音《おと》の正体《しょうたい》がいるはずなんですが……」

「下水道《げすいどう》は迷路《めいろ》のように張《は》り巡《めぐ》らされています。『ささやきの回廊《かいろう》』みたいに、離《はな》れた場《ば》所《しょ》の音《おと》が反響《はんきょう》して聞《き》こえたのかも」

とアリス。アリスが前《まえ》に行《い》ったロンドンのセントポール大聖堂《だいせいどう》には、「ささやきの回《かい》廊《ろう》」というのがある。そこでは壁《かべ》に向《む》かって小声《こごえ》でしゃべると、ドーム型《がた》の屋根《やね》に音《おと》が反《はん》射《しゃ》して遠《とお》く離《はな》れた場所《ばしょ》まで声《こえ》が届《とど》くのだ。

「もしかすると、水《みず》の中《なか》に何《なに》かいるのかも」

計太《けいた》が茶色《ちゃいろ》い水《みず》をのぞき込《こ》む。

「ししょ〜、泳《およ》げるよね？　潜《もぐ》って探《さが》すのは――」

アリスは期待《きたい》の目《め》をP《ピー》・P《ピー》・ジュニアに向《む》けた。

「ピキ〜ッ！　あんな汚《きたな》い水《みず》の中《なか》を泳《およ》ぐのはお断《ことわ》りですよ！」

アリスの提案《ていあん》は却下《きゃっか》された。

と、その時《とき》、

うぐわどべ～！

チクタク……。

ぎぎゃび～！

チクタク……。

ぢじゅわぴゔぉ～！

想像《そうぞう》を絶《ぜっ》する騒音《そうおん》が、下水道内《げすいどうない》に響《ひび》きわたった。

「この音《おと》！」

アリスは思《おも》わず耳《みみ》をおおう。

「こっちです！」

P《ピー》・P《ピー》・ジュニアは音《おと》のする方《ほう》に向《む》かって駆《か》け出《だ》した。

もちろん、アリスと計太《けいた》もそれに続《つづ》く。

そして、50メートルほど進《すす》んだところで、P《ピー》・P《ピー》・ジュニアは突然《とつぜん》、足《あし》を止《と》めた。

そこはちょうど曲《ま》がり角《かど》で、P《ピー》・P《ピー》・ジュニアは慎重《しんちょう》に角《かど》の向《む》こうをのぞく。

「しょ〜、どうかしましたか⁉」

騒音《そうおん》が鳴《な》り響《ひび》く中《なか》、アリスはいつもより大《おお》きな声《こえ》でP《ピー》・P《ピー》・ジュニアに聞《き》いた。

「いいニュースと悪《わる》いニュースがあります！」

P《ピー》・P《ピー》・ジュニアは振《ふ》り返《かえ》ってアリスに告《つ》げる。

「いいニュースからで！」

と、アリス。

「謎《なぞ》の音《おと》の原因《げんいん》が見《み》つかりました！」

「悪《わる》いニュースは⁉」

「音《おと》を出《だ》していたのは、巨大肉食《きょだいにくしょく》は虫類《ちゅうるい》です！」

「……へ？」

アリスも、曲《ま》がり角《かど》の向《む》こう側《がわ》をひょいとのぞいてみた。

すると——。

「信《アンビリーヴァブル》じられません」

アリスは自分《じぶん》の目《め》を疑《うたが》った。

ビーチ・パラソルの下《した》のデッキ・チェアに寝《ね》そべり、サングラスをかけてトロピカル・ドリンクを飲《の》んでいるワニがいたからだ。

そばの白《しろ》いテーブルの上《うえ》にはラジオ。ラジオの隣《となり》には、何故《なぜ》か白《しろ》いペルシャ猫《ねこ》がいる。

奇《き》っ怪《かい》な音《おと》の正体《しょうたい》は、ラジオの音楽《おんがく》に合《あ》わせて歌《うた》うワニの声《こえ》だったようだ。

(すごい音痴《おんち》)

さすがのアリスも、これよりは自分《じぶん》の方《ほう》がマシだと思《おも》う。

「き、記録《きろく》しないと!」

計太《けいた》がスマートフォンを向《む》けようとするが、手《て》が震《ふる》えてうまくいかない。

「よお、こんなところで会《あ》うとはなあ? P《ピー》・P《ピー》・ジュニアさんよ?」

ワニはP《ピー》・P《ピー》・ジュニアたちに気《き》がついて、体《からだ》を起《お》こした。

「チックタック・ザ・キッド。気《き》がつくべきでしたよ。この時計《とけい》の音《おと》。あなたのお腹《なか》の中《なか》から聞《き》こえる音《おと》ですね」

P《ピー》・P《ピー》・ジュニアはワニの前《まえ》に進《すす》み出《で》る。

チックタック・ザ・キッドという名前《なまえ》には、アリスも聞《き》き覚《おぼ》えがあった。

確《たし》か、P《ピー》・P《ピー》・ジュニアのライバルのひとり、いや、1匹《ぴき》だ。

「おう。お前《まえ》を飲《の》み込《こ》もうとして、目覚《めざ》まし時計《どけい》を口《くち》に放《ほう》り込《こ》まれた時《とき》の恨《うら》み、忘《わす》れちゃいねえぜ」

チックタック・ザ・キッドが長《なが》い口《くち》を開《ひら》くと、時計《とけい》の音《おと》がひときわ大《おお》きくなった。

「で、その猫《ねこ》は何《なん》です？　おやつですか？」

P《ピー》・P《ピー》・ジュニアは白《しろ》いペルシャ猫《ねこ》に目《め》を向《む》けた。

「ちげ〜よ！　動物虐待《どうぶつぎゃくたい》なんかしねえっての！　ペットだよ！　犯罪界《はんざいかい》じゃ、悪《あく》の首領《しゅりょう》が白猫《しろねこ》を飼《か》うのが流行《はや》ってんだよ！」

チックタック・ザ・キッドは、ペルシャ猫《ねこ》を抱《だ》き上《あ》げようとするが――。

「みぎゅあああっ！」

嫌《いや》がるペルシャ猫《ねこ》に、バリバリと引《ひ》っかかれた。

「嫌《きら》われてますね」

「みたいです」

計太《けいた》とアリスが顔《かお》を見合《みあ》わせる。ペルシャ猫《ねこ》は、チックタック・ザ・キッドの顔《かお》を傷《きず》だらけにして満足《まんぞく》したのか、優雅《ゆうが》に去《さ》っていった。

「そもそも、何《なん》でこんなところにいるんです？」

P《ピー》・P《ピー》・ジュニアは、チックタック・ザ・キッドに尋《たず》ねる。

「あ～、そりゃな。お前《まえ》がこの日本《にほん》にいるって聞《き》いてよ。お前《まえ》に復讐《ふくしゅう》するついでに、日本《にほん》で悪《あく》の地下組織《ちかそしき》を作《つく》ろうと思《おも》って」

チックタック・ザ・キッドは答《こた》える。

「地下組織《ちかそしき》だから、地下《ちか》に？」

と、アリス。

「だから違《ちが》～う！　日本《にほん》の冬《ふゆ》は寒過《さむす》ぎんだよ！　熱帯育《ねったいそだ》ちのは虫類《ちゅうるい》にはキツいって、分《わ》かっだろ、お嬢《じょう》ちゃん⁉　けど、下水道《げすいどう》は暖《あたた》かいからな！」

「なるほど《アイ・シー》」

アリスは納得《なっとく》した。

「とにか～く！　おしゃべりは終《お》わりだ！　今日《きょう》こそお前《まえ》を焼《や》き鳥《とり》にして食《く》ってやるぜ、

P《ピー》・P《ピー》・ジュニア！」

チックタック・ザ・キッドは舌《した》なめずりをし、P《ピー》・P《ピー》・ジュニアに向《む》かって走《はし》り出《だ》した。

「ふふふ。こっちだって、あの頃《ころ》のヒナドリじゃありませんよ。今日《きょう》こそあなたに手錠《てじょう》を、いえ、前足錠《まえあしじょう》をかけてあげます！」

P《ピー》・P《ピー》・ジュニアは、ライト付《つ》きヘルメットを投《な》げ捨《す》てて迎《むか》え討《う》つ。

「くらえぃ、カリビアン・ハリケーン・スプラッシュ！」

「必殺《ひっさつ》！　ブリザード・フリップ・ラッシュ！」

1匹《ぴき》と1羽《わ》が、下水道《げすいどう》の中《なか》でぶつかった。

チックタック・ザ・キッドが振《ふ》り回《まわ》すしっぽが、アリスの鼻先《はなさき》をかすめる。

「！」

アリスはしっぽを避《よ》けようとして、通路《つうろ》から足《あし》を踏《ふ》み外《はず》した。

下《した》はもちろん、濁《にご》っていて、臭《くさ》い下水《げすい》である。

(落《お》ちるのは、何《なん》としてでも避《さ》けなければ)

アリスはとっさにポシェットに手《て》を入《い》れ、手探《てさぐ》りで鏡《かがみ》に触《ふ》れた。

「鏡《ミラー》よ、鏡《ミラー》！」

アリスは鏡《かがみ》の国《くに》に避難《ひなん》していた。

ホッとひと息《いき》である。

もちろん、このままではあちらの世界《せかい》に戻《もど》った瞬間《しゅんかん》、下水《げすい》にドボンだ。だから、アリスはスマートフォンを取《と》り出《だ》した。

スマートフォンの液晶画面《えきしょうがめん》には、いくつか変《か》わった形《かたち》のアイコンが並《なら》んでいる。

アリスはそのひとつ、日傘《ひがさ》の形《かたち》のアイコンに触《ふ》れた。

すると、アリスの手《て》の中《なか》に、おしゃれな日傘《ひがさ》が現《あらわ》れた。

この日傘《ひがさ》は「フライング・パラソル」。

開《ひら》くと、フワフワと空中《くうちゅう》に浮《う》かぶことができる、便利《べんり》な日傘《ひがさ》である。

（これを使《つか》えば、下水《げすい》に沈《しず》むのを避《さ》けられます）

アリスは我《われ》ながらナイスなアイデアだと思《おも》った。

そして、ちゃんと日傘《ひがさ》を開《ひら》いてから、入《はい》ってきた鏡《かがみ》から外《そと》に出《で》ようと手《て》を伸《の》ばした。

だが。

「…………ほへ？」

鏡《かがみ》に指先《ゆびさき》が触《ふ》れたが、鏡《かがみ》の向《む》こうに体《からだ》が吸《す》い込《こ》まれない。

(指《ゆび》でダメなら)

今度《こんど》は頭《あたま》から鏡《かがみ》に突《つ》っ込《こ》んだが――。

ゴン！

痛《いた》かっただけだった。

どうなっているのか、誰《だれ》かに話《はなし》を聞《き》きたいところだけど、今回《こんかい》に限《かぎ》ってまわりに誰《だれ》もいない。

友《とも》だちのワタリガラスも、そうそう都合《つごう》よく来《き》てはくれない。

となると、自分《じぶん》の足《あし》で歩《ある》き回《まわ》って誰《だれ》かを見《み》つけるしかない、ということになる。

そして、歩《ある》き回《まわ》るのに一番必要《いちばんひつよう》なものと言《い》えば――。

「地面《じめん》さんですね」

いつもポシェットに入《い》れているヒマワリの種《たね》を取《と》り出《だ》して、空中《くうちゅう》にまいた。

鏡《かがみ》の国《くに》の地面《じめん》はヒマワリの種《たね》が大好《だいす》きで、種《たね》をまくと大急《おおいそ》ぎでやってくるのだ。

ただ――。

ゴン！

地面《じめん》がいつも、アリスの足元《あしもと》の方《ほう》からやってくるとは限《かぎ》らない。

「……痛《いた》ひ」

今回《こんかい》は、背中《せなか》の方《ほう》からやってきた地面《じめん》に、アリスは後頭部《こうとうぶ》をぶつけた。

とにかく、これで誰《だれ》かを探《さが》して事情《じじょう》を聞《き》くことができる――のだが。

「ここは？」

いきなり、知《し》らない場所《ばしょ》だった。

頭《あたま》をさすりながらまわりを見《み》てみると、今《いま》、立《た》っているのは赤《あか》い土《つち》の道《みち》の上《うえ》。

道《みち》は前後《ぜんご》に真《ま》っ直《す》ぐに伸《の》びていて、前《まえ》に進《すす》むと大《おお》きな森《もり》がある。

振《ふ》り返《かえ》って戻《もど》れば、海岸《かいがん》の方《ほう》に行《い》き着《つ》くようだ。

「ええっと…………………こっちで」

海岸《かいがん》の方《ほう》には誰《だれ》もいないようなので、アリスは真《ま》っ直《す》ぐ森《もり》に向《む》かって進《すす》むことにした。

ところが——。

「着《つ》かない」

いつまで経《た》っても、正面《しょうめん》の森《もり》にたどり着《つ》けなかった。アリスの感覚《かんかく》としては、何《なん》キロも歩《ある》いているはずなのだが、森《もり》はぜんぜん近《ちか》くならないのだ。

かといって、海《うみ》の方《ほう》に近《ちか》づいているかといえば、そうでもない。

森《もり》も海《うみ》も、遠《とお》いまま。

アリスのまわりの風景《ふうけい》は、歩《ある》き始《はじ》めた時《とき》から全然《ぜんぜん》変《か》わっていないのである。

(疲《つか》れました)

道《みち》ばたに、赤《あか》に白《しろ》の水玉《みずたま》の、大《おお》きなキノコが生《は》えていた。

その笠《かさ》の上《うえ》に、チョコンと腰《こし》を下《お》ろしてみる。

(誰《だれ》も近《ちか》くにいないし、どうしよう?)

アリスは途方《とほう》に暮《く》れて、しばらくボ〜ッとしていたが——。

「もしや？」

アリスはやっと思《おも》い出《だ》した。

そばにいなくても、連絡《れんらく》できる相手《あいて》がひとりだけ、この鏡《かがみ》の国《くに》にいることを。

「アドレスは、と」

アリスはスマートフォンを出《だ》して、鏡《かがみ》の国《くに》の不思議《ふしぎ》な道具屋《どうぐや》（アイテム・ショップ）の主人《しゅじん》、帽子屋《ぼうしや》にメッセージを送《おく》った。

アリスは直接《ちょくせつ》、帽子屋《ぼうしや》に会《あ》ったことはない。

先々々々々々々代《せんせんせんせんせんせんせんだい》の帽子屋《ぼうしや》が『時間《じかん》』と喧嘩《けんか》をしたせいでへそを曲《ま》げた『時間《じかん》』は、帽子屋《ぼうしや》を『今《いま》』から追《お》い出《だ》してしまったのである。

だから、その子孫《しそん》である帽子屋《ぼうしや》も『今《いま》』、この場《ば》にいることはできない。

前《まえ》にここにいたか、あとでここに来《く》ることしかできないので、アリスと会《あ》うことは永久《えいきゅう》にできないのだ。

アリス、注文《ちゅうもん》かな？

帽子屋《ぼうしや》からの返事《へんじ》はすぐに来《き》た。

いえ

アリスは返信《へんしん》する。

鏡《かがみ》の国《くに》から出《で》られなくなって
おまけに迷子《まいご》になってしまいました

出《で》られなくなったのは、事件《じけん》のせいだね

事件《じけん》とは？

トカゲのビルが襲《おそ》われてね
犯人《はんにん》がまだ逃《に》げてるらしいんだ
犯人《はんにん》が捕《つか》まるまで
あっちの世界《せかい》から鏡《かがみ》の国《くに》に来《く》ることも
鏡《かがみ》の国《くに》からあっちの世界《せかい》に出《で》ることも禁止《きんし》なんだ
どうしても出《で》たいのなら
お城《しろ》に行《い》って特別許可《とくべつきょか》をもらうしかないね

お城《しろ》？

うん
迷子《まいご》になっているということは
森《もり》と海辺《うみべ》の間《あいだ》にいる？
そこは『迷《まよ》いの一本道《いっぽんみち》』だ

右《みぎ》に1歩《ぽ》進《すす》んで、左《ひだり》に1歩《ぽ》
これをくり返《かえ》すと森《もり》に着《つ》くよ

アリスは言《い》われた通《とお》りに試《ため》してみる。

すると――。

「おお」

何《なん》だか少《すこ》しだけ、森《もり》に近《ちか》づいたような気《き》がした。

ありがとう

アリスは帽子屋《ぼうしや》にお礼《れい》のメッセージを送《おく》る。

どういたしまして
森《もり》に着《つ》いたら

立《た》て札《ふだ》に従《したが》わずに進《すす》めば
すぐにお城《しろ》だよ

とにかく、行《い》ってみます

アリスはスマートフォンをしまい、森《もり》へと向《む》かった。

「右《みぎ》に……左《ひだり》に……右《みぎ》に……左《ひだり》に……右《みぎ》に……左《ひだり》に……右《みぎ》に……左《ひだり》に……」

やがて、アリスは森《もり》に着《つ》いた。森《もり》の中《なか》はどうやら普通《ふつう》に進《すす》めるようなので、アリスは立《た》て札《ふだ》を探《さが》しながら奥《おく》へと歩《ある》いてゆく。

しばらくすると――。

「おお、娘御《むすめご》よ！　いずこへ向《む》かわれるか？」

馬《うま》に乗《の》った老人《ろうじん》が真《ま》っ正面《しょうめん》から現《あらわ》れ、アリスに尋《たず》ねてきた。ゲームや映画《えいが》に出《で》てくるような、ヨーロッパの中世《ちゅうせい》っぽい鎧《よろい》を着《き》て、長《なが》い槍《やり》を持《も》っている。

ただ、おかしなことに。

(何故《なぜ》、後《うし》ろ前《まえ》に?)

この老人《ろうじん》は逆向《ぎゃくむ》きに鞍《くら》にまたがっていた。

つまり、しっぽの方《ほう》に顔《かお》を向《む》けて馬《うま》に乗《の》っているのだ。

これはどう見《み》ても——。

①騎士《きし》
②ただの変《へん》な人《ひと》
③騎士《きし》で変《へん》な人《ひと》

の、どれかに違《ちが》いない。

アリスは③だと思《おも》ったので、いちおう——。

「騎士様《きしさま》」

と、スカートの端《はし》をつかんでお辞儀《じぎ》して、丁寧《ていねい》に答《こた》えてみる。

「お城《しろ》へと行《い》くところでごじゃいます」

慣《な》れてないしゃべり方《かた》をしたものだから、噛《か》んでしまった。

(またもや……落《お》ち込《こ》む)

「ほう、おぬしも城《しろ》に向《む》かっておるとはの。では、一緒《いっしょ》に参《まい》ろうではないか？」

騎士《きし》っぽい人《ひと》は言《い》った。


「あの……」

アリスは気《き》になるものだから尋《たず》ねてみる。

「どうして後《うし》ろ向《む》きに馬《うま》に？」

「後《うし》ろ向《む》きになど乗《の》っておらぬぞ、娘御《むすめご》よ」

騎士《きし》っぽい人《ひと》はオホンと咳払《せきばら》いしてから、澄《す》ました顔《かお》で答《こた》えた。

「これはお尻《しり》に、首《くび》がついている馬《うま》なのだ」

騎士《きし》っぽい人《ひと》の言葉《ことば》に、馬《うま》が抗議《こうぎ》するようにブルルといななく。

「珍《めずら》しい馬《うま》です」

これ以上追求《いじょうついきゅう》しない方《ほう》がよさそうだ、とアリスは思《おも》った。

「娘御《むすめご》よ！　いざ、ともに城《しろ》へと進《すす》まん！」

騎士《きし》っぽい人《ひと》は槍《やり》を前《まえ》に向《む》けると、アリスが来《き》た方向《ほうこう》に向《む》かって進《すす》み出《だ》す。

「城《しろ》はあっちです」

アリスは立《た》て札《ふだ》の逆《ぎゃく》の方向《ほうこう》を指《ゆび》さした。

「…………ふむ」

騎士《きし》っぽい人《ひと》はしばらく考《かんが》えてから、馬《うま》の向《む》きを変《か》えた。

「そちらの方《ほう》が、ほんの少《すこ》しだけ近道《ちかみち》のようであるな」

アリスは馬《うま》と並《なら》ぶようにして、城《しろ》を目指《めざ》した。


しばらくして。

「あの、お名前《なまえ》を？」

ふたりきりなのに黙《だま》って歩《ある》いているのも何《なん》なので、アリスは騎士《きし》っぽい人《ひと》に聞《き》いてみる。

「名前《なまえ》がどうかしたのか？」

馬《うま》の上《うえ》の騎士《きし》っぽい人《ひと》は、真《ま》っ直《す》ぐに後《うし》ろを――後《うし》ろ向《む》きに馬《うま》に乗《の》っているので――向《む》いたまま、右《みぎ》の眉《まゆ》を上《あ》げた。

「お名前《なまえ》を教《おし》えていただければ」

「教《おし》えてもらいたいのならば、まず授業料《じゅぎょうりょう》を」

「じゅ、授業料《じゅぎょうりょう》が必要《ひつよう》で？」

アリスは思《おも》わず聞《き》き返《かえ》す。

「無論《むろん》、必要《ひつよう》じゃ。お芝居《しばい》を見《み》たければ入場料《にゅうじょうりょう》。美術館《びじゅつかん》に入《はい》りたければ入館料《にゅうかんりょう》。そして、授業《じゅぎょう》を受《う》けたければ授業料《じゅぎょうりょう》。全《ぜん》18回《かい》の名前《なまえ》レッスン入門編《にゅうもんへん》のうち、最初《さいしょ》のレッスンは『名《な》前《まえ》とは何《なに》か？』じゃ」

騎士《きし》っぽい人《ひと》は大《おお》きく頷《うなず》いた。

(ここまで来《き》て、よもや勉強《べんきょう》させられるとは)

アリスは落《お》ち込《こ》むが、18回《かい》もレッスンを受《う》けてはいられない。

「今《いま》、名前《なまえ》を知《し》らないと困《こま》ります」

アリスは言《い》った。

「名前《なまえ》を知《し》らないと、どうして困《こま》るのじゃ？」

「それは……呼《よ》ぶ時《とき》にどう呼《よ》んでいいか、とか？」

「では、好《す》きに呼《よ》べばいいではないか？　わしもそなたを、アンジェリーナ・ビュッシー・カールトン４世《せい》と呼《よ》ぶことにする」

「それだけは絶対《ぜったい》にやめて欲《ほ》しいです」

と、アリスがブルブルと頭《あたま》を振《ふ》ったところで、

「おお！　白《しろ》の女王《じょおう》の城《しろ》じゃ！」

ふたりはいつの間《ま》にか、大《おお》きな城門《じょうもん》の前《まえ》にたどり着《つ》いていた。門《もん》の近《ちか》くには、アリスが今《いま》まで見《み》たことがないほどたくさんの鏡《かがみ》の国《くに》の住人《じゅうにん》が集《あつ》まっている。

その中《なか》にはアリスも知《し》っている三月《さんがつ》ウサギやドードー鳥《どり》、ヤマネの姿《すがた》もあった。

みんな、城《しろ》の中《なか》へと向《む》かうらしく、列《れつ》を作《つく》っている。

「よっ、アリス！」

列《れつ》の前《まえ》の方《ほう》にいた三月《さんがつ》ウサギが、アリスたちのところにやってきた。

「お前《まえ》、白《しろ》の騎士《きし》と知《し》り合《あ》いだったのか？」

「この方《かた》は白《しろ》の騎士《きし》さんですか？」

アリスはようやく、騎士《きし》っぽい人《ひと》をどう呼《よ》べばいいか分《わ》かった。

「これは八月《はちがつ》ミミズ殿《どの》」

白《しろ》の騎士《きし》は三月《さんがつ》ウサギに挨拶《あいさつ》する。

「三月《さんがつ》ウサギだ、三月《さんがつ》！　相変《あいか》わらず、ボケてんな、お前《まえ》！」

三月《さんがつ》ウサギは訂正《ていせい》した。

「これは何《なん》の行列《ぎょうれつ》でしょう？」

アリスは三月《さんがつ》ウサギに聞《き》いた。

「これから裁判《さいばん》があるから、みんな見学《けんがく》に来《き》たんだ」

「裁判《さいばん》？」

「それがな――」

三月《さんがつ》ウサギが声《こえ》をひそめる。

「トカゲのビルが消《け》されたらしい」

どうやら、帽子屋《ぼうしや》が言《い》っていた事件《じけん》のことのようである。

「わしも女王陛下《じょおうへいか》に、裁判《さいばん》の陪審員《ばいしんいん》として呼《よ》ばれたのじゃよ、メアリー・アン」

白《しろ》の騎士《きし》は胸《むね》を張《は》った。陪審員《ばいしんいん》というのは、日本《にほん》の裁判員《さいばんいん》みたいなもので、裁判《さいばん》で有罪《ゆうざい》か無罪《むざい》かを決《き》める、裁判官《さいばんかん》じゃない一般《いっぱん》の人《ひと》のことだ。

アリスは学校《がっこう》で習《なら》ったような気《き》もするが、正直《しょうじき》、あまり覚《おぼ》えていない。

というか――。

「私《わたし》、メアリー・アンじゃありません」

アリスは陪審員《ばいしんいん》のことより、そっちの方《ほう》が気《き》になった。

「裁判《さいばん》でわしが活躍《かつやく》するところを見《み》るがいいぞ、メアリー・アン」

白《しろ》の騎士《きし》はアリスの抗議《こうぎ》など耳《みみ》に入《はい》らない様子《ようす》で、さっさと先《さき》に進《すす》んでいく。

「列《れつ》に並《なら》ばなくていいので？」

「陪審員《ばいしんいん》は並《なら》ばなくともよいのじゃ。そなたもついてこい」

白《しろ》の騎士《きし》はアリスの手《て》をつかむと、城《しろ》の中庭《なかにわ》の方《ほう》へと向《む》かった。

「ちょ、ちょっと待《ま》ってくれよ！」

三月《さんがつ》ウサギも、あわててふたりの後《あと》を追《お》った。

白《しろ》い服《ふく》の兵士《へいし》が並《なら》ぶ中庭《なかにわ》には、被告席《ひこくせき》と、それに向《む》かい合《あ》うように一段高《いちだんたか》くなった裁判《さいばん》長席《ちょうせき》が作《つく》られていた。

裁判長席《さいばんちょうせき》には、王冠《おうかん》をかぶったおじいさんとおばあさんが座《すわ》っている。

「白《しろ》の王《おう》と女王《じょおう》だ」

三月《さんがつ》ウサギが説明《せつめい》してくれる。

「メアリー・アン、こっちじゃ」

白《しろ》の騎士《きし》は被告席《ひこくせき》の右《みぎ》にある陪審員席《ばいしんいんせき》に着《つ》くと、隣《となり》にアリスたちを座《すわ》らせた。

「いいのでしょうか？」

陪審員《ばいしんいん》になった覚《おぼ》えのないアリスは首《くび》を傾《かし》げる。

「いいんじゃないの？　他《ほか》に誰《だれ》もいないし」

三月《さんがつ》ウサギは足《あし》を投《な》げ出《だ》し、頭《あたま》の後《うし》ろで前足《まえあし》を組《く》んで座《すわ》った。

確《たし》かに、陪審員席《ばいしんいんせき》にいるのはアリスたちだけである。

「うぉっほん、みなの者《もの》！　これより裁判《さいばん》を始《はじ》める！」

木槌《きづち》でカンカンと台《だい》を叩《たた》き、女王《じょおう》が宣言《せんげん》した。

「トカゲのビル消失事件《しょうしつじけん》の裁判《さいばん》である」

隣《となり》の王《おう》が、小声《こごえ》で付《つ》け足《た》す。

「容疑者《ようぎしゃ》をここへ！」

女王《じょおう》が、そばにいた白《しろ》の兵士《へいし》に命《めい》じた。

「容疑者《ようぎしゃ》をここへ」

その兵士《へいし》が、隣《となり》に並《なら》んでいる兵士《へいし》に告《つ》げる。

その兵士《へいし》がまた隣《となり》に。女王《じょおう》の命令《めいれい》は、こうやってどんどん伝《つた》えられていく仕組《しく》みになっているらしい。

「容疑者《ようぎしゃ》？　被告《ひこく》じゃなくて？」

アリスは小声《こごえ》で白《しろ》の騎士《きし》に尋《たず》ねる。

「被告《ひこく》どころか、消《き》えたトカゲのビルのしっぽさえ見《み》つかっておらん。怪《あや》しい者《もの》は山《やま》ほどおるが、犯人《はんにん》が誰《だれ》かは分《わ》からんのじゃ」

「なのに裁判《さいばん》？」

勉強《べんきょう》が苦手《にがて》なアリスでも、それはかなり変《へん》じゃないかと思《おも》う。

アリスとしては、裁判《さいばん》を早《はや》く終《お》えて鏡《かがみ》の国《くに》から出《で》られるようにして欲《ほ》しいところだが、そう簡単《かんたん》にはいかないようだ。

「その娘《むすめ》よ！　王《おう》と女王《じょおう》は何《なん》でもできるのじゃ！」

アリスの声《こえ》が聞《き》こえたのだろう。女王《じょおう》がこちらをにらみつけた。

アリスは首《くび》を縮《ちぢ》めて、黙《だま》っていることにした。

すると、しばらくして。

「お待《ま》たせしました」

「陛下《へいか》、ご機嫌麗《きげんうるわ》しゅう」

ライオンとユニコーンが中庭《なかにわ》に姿《すがた》を現《あらわ》し、女王《じょおう》と王《おう》に向《む》かって礼《れい》をした。

動物園《どうぶつえん》――ユニコーンは動物園《どうぶつえん》にもいないが――で見《み》るのと違《ちが》って、２匹《ひき》はおしゃれな衣装《いしょう》をまとっている。

ちょうど、音楽室《おんがくしつ》の壁《かべ》に掛《か》かっている絵《え》の中《なか》の、ベートーベンが着《き》ているような服《ふく》だ。

「あれはユニコーン刑事《けいじ》とライオン刑事《けいじ》じゃ」

騎士《きし》がアリスにささやいて教《おし》えてくれる。

「あの2匹《ひき》の仲《なか》が悪《わる》いことは、鏡《かがみ》の国中《くにじゅう》に知《し》れ渡《わた》っておる」

騎士《きし》の言葉《ことば》通《どお》り。ユニコーンはライオンに向《む》かってうなり、ライオンはそんなユニコーンを丸《まる》メガネ越《ご》しに見《み》て、フンと鼻《はな》を鳴《な》らしている。

2匹《ひき》はしばらくにらみ合《あ》っていたが、やがて、ライオンが先《さき》に女王《じょおう》の前《まえ》に進《すす》み出《で》た。

「私《わたし》めが事件《じけん》の説明《せつめい》を」

「よきに計《はか》らえ」

女王《じょおう》はライオンに頷《うなず》いてみせる。

「ご存《ぞん》じのように、トカゲのビルは立派《りっぱ》な煙突掃除屋《えんとつそうじや》でした。ですが、先日《せんじつ》、とある屋敷《やしき》に仕事《しごと》に行《い》ったかわいそうなビルは、煤《すす》だらけの姿《すがた》のままで姿《すがた》を消《け》したのです。そして――」

ライオンは芝居《しばい》がかった口調《くちょう》で演説《えんぜつ》すると、兵士《へいし》たちに目《め》で合図《あいず》した。

兵士《へいし》たちは、アライグマに似《に》た動物《どうぶつ》を引《ひ》っ張《ぱ》ってきた。その前足《まえあし》には縄《なわ》が巻《ま》かれ、逃《に》げ出《だ》せないようになっている。

「その時《とき》、近《ちか》くにいたのがこのトゥヴなのです！」

トゥヴはアライグマに似《に》ているけれど、鼻先《はなさき》が長《なが》く尖《とが》って、おまけによじれている。あれで刺《さ》されたらかなり痛《いた》そうだ。

「犯人《はんにん》はこのトゥヴに間違《まちが》いありま――痛《いた》っ！」

トゥヴと呼《よ》ばれた生《い》き物《もの》が、その鼻先《はなさき》でライオンを突《つ》っついた。

(怒《おこ》るのも無理《むり》ないです)

アリスは密《ひそ》かに思《おも》う。

近《ちか》くにいただけで犯人扱《はんにんあつか》いは、いくら何《なん》でもひどすぎである。

「トゥヴが犯人《はんにん》？　こんなおかしな推理《すいり》は、鏡《かがみ》の国《くに》の建国以来《けんこくいらい》、初《はじ》めて耳《みみ》にしますな」

ライオンを押《お》しのけるようにして、ユニコーンが女王《じょおう》の前《まえ》に出《で》た。

鏡《かがみ》の国《くに》がいつ建国《けんこく》されたのかは知《し》らないけれど、アリスも同感《どうかん》である。

「陛下《へいか》、犯人《はんにん》をお教《おし》えしましょう！　それはこのラアスであります！」

手錠《てじょう》――と言《い》うか、前足錠《まえあしじょう》――をされた緑色《みどりいろ》の子豚《こぶた》が引《ひ》っ張《ぱ》られてきた。

耳《みみ》の大《おお》きなその子豚《こぶた》はユニコーンを見《み》ると、べエ～ッと舌《した》を出《だ》す。

「この悪《わる》そうな顔《かお》！　ビルを消《け》した犯人《はんにん》に間違《まちが》いありませんな！」

ユニコーンはそう言《い》ったけれど、アリスの目《め》から見《み》ると、ラアスは別《べつ》に悪人《あくにん》ぽい顔《かお》はしていない。むしろ、可愛《かわい》いくらいだ。

「いやいや。犯人《はんにん》は間違《まちが》いなく、ボロゴウヴじゃよ」

白《しろ》の騎士《きし》が自信満々《じしんまんまん》の顔《かお》でアリスに告《つ》げる。

「あやつほど気《き》まぐれな奴《やつ》は、この鏡《かがみ》の国《くに》でも珍《めずら》しいからの」

「ボロゴウヴってのは、汚《きたな》らしい羽《はね》をした足《あし》の長《なが》い鳥《とり》でさ、鳴《な》き声《ごえ》がまたひどいんだ」

アリスが聞《き》こうとする前《まえ》に、三月《さんがつ》ウサギが説明《せつめい》してくれた。

と、その時《とき》。

白《しろ》の兵士《へいし》のひとりが走《はし》ってきて、ライオンに耳打《みみう》ちした。

ライオンはユニコーンを蹴飛《けと》ばして、女王《じょおう》の前《まえ》に立《た》つ。

「陛下《へいか》！　新事実《しんじじつ》が判明《はんめい》しました！　証拠品《しょうこひん》B《ビー》を提出《ていしゅつ》します！　証拠品《しょうこひん》B《ビー》をこれに！」

ライオンが命《めい》じると、先《さき》ほどとはまた別《べつ》の兵士《へいし》が帽子《ぼうし》を手《て》にやってきた。

「これはシルクハットと呼《よ》ばれるもの。ビルが消《き》えた場所《ばしょ》に落《お》ちていました！」

ライオンは、10／6と書《か》かれた値札《ねふだ》がついている帽子《ぼうし》を女王《じょおう》の前《まえ》に差《さ》し出《だ》す。

「シルクハットとは？　答《こた》えよ、娘《むすめ》」

女王《じょおう》は眉《まゆ》をひそめると、アリスを見《み》た。

「はひっ？」

アリスの声《こえ》が裏返《うらがえ》る。

「女王《じょおう》の前《まえ》であるぞ、立《た》ち上《あ》がって答《こた》えるように」

王様《おうさま》が手《て》でアリスに合図《あいず》した。

「ええっと」

急《きゅう》に聞《き》かれても説明《せつめい》が難《むずか》しいが、アリスはともかく立《た》ち上《あ》がって説明《せつめい》しようとする。

「シルクハットというのは、手品師《てじなし》の人《ひと》がハトを出《だ》したりする――」

「ハトを、とな？」

白《しろ》の王様《おうさま》は瞳《ひとみ》を輝《かがや》かせて身《み》を乗《の》り出《だ》した。

「娘《むすめ》よ、ハトを出《だ》して見《み》せよ」

王《おう》は兵士《へいし》に命《めい》じ、シルクハットをアリスに渡《わた》させた。

「無理《むり》です」

アリスは手品師《てじなし》ではない。

「余《よ》をだましたのか〜っ！」

王様《おうさま》は木槌《きづち》でカンカンと台《だい》を叩《たた》いた。

「こやつも裁判《さいばん》にかけねばならぬの。詐欺罪《さぎざい》じゃ！」

白《しろ》の女王《じょおう》はアリスを指《ゆび》さして宣言《せんげん》する。

「あの〜、話《はなし》がそれまくっていますが」

アリスは言《い》った。

「おお、そうですね。君《きみ》の裁判《さいばん》は後《あと》で、ということで」

ライオンがメガネを押《お》し上《あ》げて、ポケットから出《だ》した書類《しょるい》を読《よ》み上《あ》げる。

「……え〜、証拠品《しょうこひん》B《ビー》の持《も》ち主《ぬし》は、すでに帽子屋《ぼうしや》と判明《はんめい》しております！」

「では、その帽子屋《ぼうしや》も容疑者《ようぎしゃ》じゃのう」

女王《じょおう》が断言《だんげん》した。

「兵《へい》よ、帽子屋《ぼうしや》をここへ」

白《しろ》の王様《おうさま》は頷《うなず》き、そばに立《た》つ兵士《へいし》に命《めい》じる。

「帽子屋《ぼうしや》をここへ」

兵士《へいし》はすぐ横《よこ》の兵士《へいし》に命令《めいれい》を伝《つた》える。

「帽子屋《ぼうしや》をここへ！」

並《なら》んだ兵士《へいし》たちが、隣《となり》から隣《となり》へと命令《めいれい》を伝《つた》えていった。

でも、その命令《めいれい》が途中《とちゅう》からだんだんおかしなことになってゆく。

「帽子屋《ぼうしや》を小声《こごえ》！」

「大石屋《おおいしや》を遠吠《とおぼ》え！」

「お医者《いしゃ》を透明《とうめい》！」

アリスはどうなることかと、見守《みまも》っていたが――。

「陛下《へいか》！」

一番端《いちばんはし》っこにいた兵士《へいし》が白《しろ》の女王《じょおう》のところに持《も》ってきたのは、紅茶《こうちゃ》とコーヒーが入《はい》ったカップだった。

「この者《もの》たちを尋問《じんもん》せよ」

ふたつのカップを前《まえ》にした白《しろ》の女王《じょおう》は、平然《へいぜん》とライオンとユニコーンに命《めい》じた。

「陛下《へいか》の命令《めいれい》である！　紅茶《こうちゃ》よ、正直《しょうじき》に答《こた》えるがよい！」

ライオンが紅茶《こうちゃ》のカップを問《と》いつめる。

「コーヒー、君《きみ》も素直《すなお》に答《こた》えるように」

ユニコーンはコーヒーのカップに自白《じはく》を迫《せま》った。

（このままだと、いつまで経《た》っても終《お》わりません）

しびれを切《き》らしたアリスは陪審員席《ばいしんいんせき》を出《で》て、女王《じょおう》の前《まえ》までやってくる。

「裁判長《さいばんちょう》、犯人《はんにん》はコーヒーでも紅茶《こうちゃ》でも、トゥヴでもラアスでもありません」

アリスは告《つ》げた。

「何《なん》じゃと？」

女王《じょおう》の目《め》が大《おお》きく見開《みひら》かれる。

「だって、ビルさん、あそこにいるので」

アリスは中庭《なかにわ》の入口《いりぐち》に近《ちか》い方《ほう》を指《ゆび》さした。

すると、そこには——。

「え？　なになに、何《なに》やってるの？」

大《おお》きな目《め》をした青《あお》いトカゲがいて、好奇心丸出《こうきしんまるだ》しでひょいと首《くび》を伸《の》ばした。

アリスが知《し》っているこっちの世界《せかい》のトカゲとは、ちょっと違《ちが》う。デニムのオーバーオールを着《き》て、ハンティング帽《ぼう》をかぶり、長《なが》い柄《え》のブラシとバケツを持《も》っている。

「陛下《へいか》、これ、何《なに》やってるところ？」

トカゲは裁判長席《さいばんちょうせき》の白《しろ》の女王《じょおう》に尋《たず》ねた。

「裁判《さいばん》である——」

白《しろ》の女王《じょおう》は胸《むね》を張《は》ってそう答《こた》えてから、横《よこ》の王様《おうさま》を見《み》る。

「はずであったよの、我《わ》が君《きみ》？」

「もちろん。我《わ》が后《きさき》は常《つね》に正《ただ》しい」

白《しろ》の王《おう》は頷《うなず》く。

「トカゲのビルが消《き》えた事件《じけん》の犯人《はんにん》を捜《さが》しているのじゃ」

白《しろ》の騎士《きし》がトカゲに説明《せつめい》した。

「へえ〜、消《き》えた？　あのトカゲのビルがねえ？」

トカゲは自分《じぶん》のあごに手《て》をやる。

「我々《われわれ》は、トカゲのビルが事件《じけん》に巻《ま》き込《こ》まれたと考《かんが》えておる」

王様《おうさま》はそう告《つ》げると、女王《じょおう》を振《ふ》り返《かえ》った。

「であったよの、我《わ》が后《きさき》？」

「その通《とお》り。我《わ》が君《きみ》は常《つね》に正《ただ》しい」

女王《じょおう》はゆっくりと頷《うなず》く。

「かわいそうなトカゲのビル！　あいつ、とっても気《き》のいいやつだったのに！」

トカゲは真《ま》っ青《さお》になり、ハンカチを取《と》り出《だ》して涙《なみだ》をぬぐった。

アリスはトカゲのそばまで行《い》って、その肩《かた》を叩《たた》いた。

「え、何《なに》？　君《きみ》、ビルの知《し》り合《あ》い？」

トカゲのビルはアリスを見上《みあ》げる。

「いいえ」

アリスは首《くび》を横《よこ》に振《ふ》ってから尋《たず》ねた。

「参考《さんこう》までにお聞《き》きしますが、あなたのお名前《なまえ》は？」

「僕《ぼく》？　ビルだけど」

「………………」

アリスはこめかみを押《お》さえる。バケツに『BILL《ビル》』と名前《なまえ》が書《か》いてあったので、そうじゃないかと思《おも》っていたのだ。

「何《なん》てことだ！　もう1匹《ぴき》、同《おな》じ名前《なまえ》のトカゲがいたなんて！　で、消《き》えちゃったのはどっちのビル？　僕《ぼく》、それとももう1匹《ぴき》のビル？」

トカゲのビルはオロオロし始《はじ》める。

「ビルはたぶん、1匹《ぴき》しかいません」

「だよね～、僕《ぼく》、聞《き》いたことないもん」

安心《あんしん》したように一息《ひといき》ついてから、ビルはハッと気《き》がついた。

「……じゃあ、待《ま》ってよ？　消《き》えちゃったビルっていうのは？」

「だから、あなたです」

アリスは頷《うなず》き、質問《しつもん》する。

「どうして仕事場《しごとば》から急《きゅう》に姿《すがた》を消《け》したので？」

「それがさあ」

ビルは頭《あたま》をかいた。

「お昼《ひる》の弁当《べんとう》忘《わす》れたから、家《いえ》に取《と》りに帰《かえ》って、お天気《てんき》が良《よ》かったから裏山《うらやま》に行《い》って、そのままハンモックでさっきまで寝《ね》てた」

大騒《おおさわ》ぎになってみんなが捜《さが》し回《まわ》っていたことを、ビルは知《し》らなかった訳《わけ》である。

「つまり、消《き》えたと勘違《かんちが》いしただけです」

アリスはそう言《い》うと、女王《じょおう》に向《む》かってお辞儀《じぎ》をする。

「これで決《き》まりじゃな」

女王《じょおう》は立《た》ち上《あ》がると、兵士《へいし》たちに命《めい》じた
「トカゲのビルこそ、トカゲのビルを消《け》した犯人《はんにん》！　つまり、犯人《はんにん》はトカゲのビルじゃ！

兵士《へいし》らよ、トカゲのビルを捕《と》らえよ！」

「え？　ちょっと！」

戸惑《とまど》うビルの前足《まえあし》を、兵士《へいし》たちがガッチリとつかむ。

「何故《なぜ》、その結論《けつろん》に？」

アリスはだんだん頭《あたま》が痛《いた》くなってきたが――。

「さすがは女王様《じょおうさま》のお裁《さば》きだ！」

「うむ。我《わ》が后《きさき》は常《つね》に正《ただ》しい」

他《ほか》の誰《だれ》も、この判決《はんけつ》が間違《まちが》っているとは思《おも》っていないようだ。

「大丈夫《だいじょうぶ》。牢屋《ろうや》に放《ほう》り込《こ》まれた連中《れんちゅう》は山《やま》ほどいるけど、すぐに出《で》られるから」

三月《さんがつ》ウサギがアリスを安心《あんしん》させるように言《い》った。

「はい？」

アリスはどういうことなのか尋《たず》ねる。

「お城《しろ》の牢《ろう》の鉄格子《てつごうし》、鍵《かぎ》がついてなくて簡単《かんたん》に開《ひら》くんだ。だからみんな、好《す》き勝手《かって》に出《で》たり入《はい》ったりしてる。捕《つか》まってないくせに、ご飯《はん》が出《で》るからって、ランチタイムにだけ牢《ろう》に入《はい》りに来《く》るやつもいるしさ」

「……何《なん》だか疲《つか》れました」

そうつぶやいたところで、スマートフォンに帽子屋《ぼうしや》からメッセージが来《き》た。

お手柄《てがら》だったね

帽子屋《ぼうしや》からのメッセージにはそうあった。

ありがとう
僕《ぼく》も疑《うたが》いをかけられていたから
解決《かいけつ》してうれしいよ

あの、クリスマスが近《ちか》いので
ちょっと相談《そうだん》があるんですが？

アリスはプレゼントを頼《たの》もうとしていたことを思《おも》い出《だ》す。

パーティでプレゼント交換《こうかん》をするんですけど

何《なに》か、いいプレゼントはありませんか？

相手《あいて》は男《おとこ》の子《こ》？　それとも女《おんな》の子《こ》？

不明《ふめい》です

交換《こうかん》する相手《あいて》はその時《とき》になるまで分《わ》からない。

可愛《かわい》いものがいい？
それともすてきなもの？

誰《だれ》に誰《だれ》のプレゼントが回《まわ》るか分《わ》かりませんので

じゃあ、僕《ぼく》が考《かんが》えて、前日《ぜんじつ》までに宅配便《たくはいびん》で送《おく》るよ

それでいい？

助《たす》かりますです

アリスは帽子屋《ぼうしや》とのメッセージのやりとりを終《お》えて、ホッと一息《ひといき》つく。

「これでやっと、帰《かえ》れます」

「……アリス、もしかして、鏡《かがみ》の国《くに》から出《で》たかったのか？」

三月《さんがつ》ウサギが、鼻《はな》をピクッと動《うご》かした。

「はい」

「聞《き》いてくれればよかったのに」

三月《さんがつ》ウサギは、ふうっとため息《いき》をつく。

「鏡《かがみ》が閉《と》じられているのに、出《で》られるので？」

アリスは自分《じぶん》の耳《みみ》を疑《うたが》った。

「当然《とうぜん》」

と、三月《さんがつ》ウサギは頷《うなず》く。

（……これまでの苦労《くろう》は？）

アリスはその場《ば》に座《すわ》り込《こ》んだ。

「今《いま》はすべての鏡《かがみ》が、出《で》ようとする者《もの》を通《とお》さないようになってるだろ？　てことは？」

「出《で》ようとしなければ……出《で》られる？」

アリスは思《おも》い出《だ》した。

森《もり》に向《む》かおうとしたら、いつまで経《た》っても森《もり》には着《つ》けなかった。

森《もり》から離《はな》れようとしたら、森《もり》に着《つ》いたのだ。

（もし、それと同《おな》じだとしたら？）

「鏡《かがみ》に背中《せなか》を向《む》けて、離《はな》れようとしてみなよ」

三月《さんがつ》ウサギはウインクした。

「こう？」

アリスが言《い》われた通《とお》りに、近《ちか》くにある鏡《かがみ》に背《せ》を向《む》け、一歩《いっぽ》踏《ふ》み出《だ》したとたんに。

しゅっ！

アリスの体《からだ》は、鏡《かがみ》に吸《す》い込《こ》まれた。

さて――。

鏡《かがみ》の国《くに》に来《く》る寸前《すんぜん》、アリスは下水《げすい》の中《なか》に落《お》ちかけていた。

もとはといえば、下水《げすい》に落《お》ちないようにと鏡《かがみ》の国《くに》に行《い》ったのである。

こちらに戻《もど》る時《とき》にフライング・パラソルを用意《ようい》しておくはずだったのだが、いろいろあったせいで、アリスはそんなことはコロリと忘《わす》れていた。さらについていないことに、アリスがこちらの世界《せかい》に戻《もど》るために使《つか》った鏡《かがみ》は、下水《げすい》の中《なか》に落《お》ちていた鏡《かがみ》だった。

当然《とうぜん》。

ボッチャン！

「何《なん》のために……鏡《かがみ》の世界《せかい》に行《い》ったんでしょう？」

アリスはひざまで下水《げすい》に浸《つ》かることになった。

「今《いま》までの人生《じんせい》で……一番《いちばん》落《お》ち込《こ》む」

温度《おんど》にすると、マイナス273度《ど》ぐらいまで落《お》ち込《こ》んだ。

「アリス・リドルちゃん？」

計太《けいた》がその場《ば》で固《かた》まる。

「ア、アリス？」

「……おいおい、悲惨《ひさん》だな」

P《ピー》・P《ピー》・ジュニアとチックタック・ザ・キッドも、そんなアリスの様子《ようす》を見《み》て戦《たたか》いの手《て》を止《と》めた。

「あうう……」

アリスはずぶ濡《ぬ》れのまま、チックタック・ザ・キッドの方《ほう》に足《あし》を踏《ふ》み出《だ》した。

「あの、お嬢《じょう》さん？」

チックタック・ザ・キッドの顔《かお》が強《こわ》ばる。

「……………」

じゃぶ。

じゃぶじゃぶ。

アリスはうつむいたまま、チックタック・ザ・キッドに近《ちか》づいていった。

「やめろ～、汚《きたな》～い！　俺《おれ》は清潔《せいけつ》な悪党《あくとう》なんだ～！」

とうとうチックタック・ザ・キッドは、文字通《もじどお》りにしっぽを巻《ま》いて逃《に》げ出《だ》した。

「アリス・リドルちゃんが撃退《げきたい》したってことでいいんですよね？」

計太《けいた》が微妙《びみょう》な表情《ひょうじょう》を浮《う》かべる。

「ま、まあ、逃《に》がしたのは残念《ざんねん》ですが――」

P《ピー》・P《ピー》・ジュニアがアリスの背中《せなか》に声《こえ》をかけた。

「とにかく、お風呂《ふろ》に入《はい》った方《ほう》がいいですよ？」

その夜《よる》。

アリスは徹底的《てっていてき》にお風呂《ふろ》に入《はい》った。

出《で》てきたら、朝《あさ》になっていた。

（二度《にど》と……下水道《げすいどう》には行《い》きません）

堅《かた》く心《こころ》に誓《ちか》うアリスであった。

ファイル・ナンバー2

消《き》えたサンタクロース

いよいよ今日《きょう》はクリスマス・イブ。

「パーティは何時《なんじ》からでしたっけ〜？」

ジングル・ベルが流《なが》れる中《なか》、P《ピー》・P《ピー》・ジュニアはツリーの前《まえ》でクルクル回《まわ》って踊《おど》っていた。

「一応《いちおう》、5時《じ》からです。でも、赤妃《あかひ》さんのところのメイドさんたちや執事《しつじ》の神崎《かんざき》さんは、準備《じゅんび》のために早《はや》めに来《く》ると」

と、答《こた》えるアリスも三角帽子《さんかくぼうし》をかぶり、鼻《はな》メガネをつけている。

「パーティ、パーティ！　今日《きょう》は仕事《しごと》はお休《やす》みですから――」

P《ピー》・P《ピー》・ジュニアが音楽《おんがく》を変《か》えようと、プレイヤーの方《ほう》に行《い》こうとしたその時《とき》。

「お～い、ジュニアの旦那《だんな》、いるかい？」

チャイムもなしに、探偵社《たんていしゃ》の扉《とびら》が開《あ》けられた。

「げげげっ、こんな日《ひ》に名垂警部《なだれけいぶ》！」

振《ふ》り向《む》いたP《ピー》・P《ピー》・ジュニアは、海岸《かいがん》でトドに出《で》くわしたような顔《かお》になる。

「そう嫌《いや》がんなさんな」

警部《けいぶ》は勝手《かって》にソファーに座《すわ》り込《こ》むと、鼻《はな》の頭《あたま》をかいた。

「ちょいと、俺《おれ》の手《て》には負《お》えない事件《じけん》が起《お》こっちまったんだ」

「警部《けいぶ》、かなり困《こま》っています？」

アリスが――鼻《はな》メガネと三角帽子《さんかくぼうし》のまま――コーヒーを用意《ようい》しながら声《こえ》をかける。

「分《わ》かるかい、お嬢《じょう》ちゃん？　……アリスの嬢《じょう》ちゃんだよな？」

三角帽子《さんかくぼうし》と鼻《はな》メガネのせいで、警部《けいぶ》は一瞬《いっしゅん》、アリスが誰《だれ》だか分《わ》からなかったようだ。

「数学《すうがく》の先生《せんせい》が、私《わたし》の答《こた》えを聞《き》くと同《おな》じ顔《かお》をします」

もちろん、アリスの数学《すうがく》の成績《せいせき》は常《つね》に、見《み》るも無惨《むざん》な低空飛行《ていくうひこう》である。

「どうせ、事件《じけん》を私《わたし》たちに押《お》しつけて、自分《じぶん》は早《はや》く家《うち》に帰《かえ》るつもりなんですよ」

P《ピー》・P《ピー》・ジュニアが警部《けいぶ》に向《む》ける視線《しせん》は冷《つめ》たい。

「頼《たの》むぜ、これ、この通《とお》り！」

名垂警部《なだれけいぶ》は頭《あたま》を下《さ》げる。

「今日《きょう》はイブだろ？　早《はや》く帰《かえ》んないと、かみさんが怖《こえ》えんだ。娘《むすめ》も機嫌《きげん》が悪《わる》くなるしよ」

「娘《むすめ》さん、いらっしゃるので？」

コーヒーが入《はい》るのを待《ま》ちながら、アリスは尋《たず》ねた。

「小学《しょうがく》2年《ねん》なんだがよ、最近《さいきん》、なまいきになりやがってなあ。パパっていつお給料上《きゅうりょうあ》がるの、なんて聞《き》きやがる」

警部《けいぶ》のため息《いき》は深《ふか》い。

「そう言《い》えば、前《まえ》に娘《むすめ》さんからここに電話《でんわ》がかかってきたことがありましたねえ？　パパ、そちらで仕事《しごと》サボってませんかって？　しっかりしたお子《こ》さんですねえ」

さっきまで不機嫌《ふきげん》だったP《ピー》・P《ピー》・ジュニアが噴《ふ》き出《だ》しそうになるのをこらえ、頬《ほ》っぺたをヒクヒクさせる。

「いや、その話《はなし》はいいから。ともかく事件《じけん》だ、事件《じけん》」

警部《けいぶ》は話《はなし》をそらそうとする。

「どんな事件《じけん》なんでしょうか？」

アリスは警部《けいぶ》の前《まえ》にコーヒーを置《お》いた。

「来《き》てもらえば分《わ》かるさ」

警部《けいぶ》はコーヒーに口《くち》をつけたが、それ以上《いじょう》は話《はな》そうとしなかった。

よほど複雑《ふくざつ》な事情《じじょう》があるのだろう。

「分《わ》かりましたよ」

P《ピー》・P《ピー》・ジュニアはしぶしぶ、クチバシを縦《たて》に振《ふ》った。

「警部《けいぶ》にはお世話《せわ》に――なってる気《き》はあまりしませんが、この白瀬市《しらせし》で事件《じけん》が起《お》きているのなら、放《ほう》っておけませんからね」

「とにかく、白瀬署《しらせしょ》に行《い》きましょう」

アリスもポシェットを手《て》に取《と》ったが――。

「……うぁお」

危《あや》うく、三角帽子《さんかくぼうし》と鼻《はな》メガネをつけたまま出《で》かけるところだった。

「で？」

白瀬署《しらせしょ》の前《まえ》で立《た》ち止《ど》まったP《ピー》・P《ピー》・ジュニアは、アリスを振《ふ》り返《かえ》って尋《たず》ねていた。

「で、とは？」

アリスは首《くび》を傾《かし》げる。

「ピキ〜ッ！　何《なん》でこいつがいるのか、と聞《き》いてるんですよ⁉　アリスが呼《よ》んだんでしょ〜⁉」

P《ピー》・P《ピー》・ジュニアがヒレを向《む》けたのは、アリスの横《よこ》で微笑《ほほえ》んでいる琉生《るい》だった。

「つい、くせで」

アリスは認《みと》める。

探偵社《たんていしゃ》を出《で》る時《とき》に、いつもの調子《ちょうし》で琉生《るい》に電話《でんわ》した。

そうしたら、琉生《るい》はすぐに飛《と》んできたのだ。

「くせで商売敵《しょうばいがたき》を呼《よ》んで、ど〜するんです⁉」

P《ピー》・P《ピー》・ジュニアはご立腹《りっぷく》である。

「ははは、ペンギン君《くん》は相変《あいか》わらず、僕《ぼく》にはきびしいね」

琉生《るい》はさわやかな笑顔《えがお》を見《み》せる。

と、そこに。

「はいはい、お子《こ》ちゃまたち！　署《しょ》の前《まえ》でコントなんかやらないで！」

冬吹刑事《ふぶきけいじ》が現《あらわ》れて、しかめっ面《つら》でアリスたちに声《こえ》をかけた。

「とっとと中《なか》に入《はい》りなさい！　ったく、恥《は》ずかしいったらありゃしない！」

冬吹刑事《ふぶきけいじ》がＰ《ピー》・Ｐ《ピー》・ジュニアを抱《かか》え上《あ》げる。

「恥《は》ずかしいのは私《わたし》ですよ！　下《お》ろしてくださ～い！」

「お黙《だま》り！　留置場《りゅうちじょう》に直行《ちょっこう》するわよ！」

Ｐ《ピー》・Ｐ《ピー》・ジュニアはジタバタしたが、冬吹刑事《ふぶきけいじ》は問答無用《もんどうむよう》で留置場《りゅうちじょう》まで運《はこ》んでゆく。

「……あいつもイブに仕事《しごと》が入《はい》って、機嫌《きげん》が悪《わる》いんだよ」

名垂警部《なだれけいぶ》がアリスたちにささやく。

アリスと琉生《るい》は顔《かお》を見合《みあ》わせ、冬吹刑事《ふぶきけいじ》の後《あと》を追《お》った。

冬吹刑事《ふぶきけいじ》が留置場前《りゅうちじょうまえ》の廊下《ろうか》に立《た》っていた女性《じょせい》に軽《かる》く挨拶《あいさつ》して中《なか》に入《はい》ると、そこでは信《しん》じられない光景《こうけい》が待《ま》っていた。

「まるで、ラッシュアワーだね」

と、苦笑《くしょう》する琉生《るい》の言葉通《ことばどお》り。

鉄格子《てつごうし》の向《む》こう側《がわ》は、ギュウギュウ詰《づ》めだった。

大型《おおがた》の動物《どうぶつ》が全部《ぜんぶ》で9頭《とう》、入《はい》っていたのである。

「ヘラジカですか？」

大《おお》きな角《つの》を持《も》つ四本足《よんほんあし》の動物《どうぶつ》たちを見《み》て、アリスは首《くび》を傾《かし》げる。

「トナカイだよ、トナカイ。普通《ふつう》、季節的《きせつてき》にそっちだと思《おも》うだろ？」

名垂警部《なだれけいぶ》が頭《あたま》をかいた。

「ヘラジカとトナカイ、違《ちが》いが分《わ》かりません」

アリスは首《くび》を傾《かし》げる。

「正直《しょうじき》、私《わたし》もそうだけど」

冬吹刑事《ふぶきけいじ》が腕組《うでぐ》みをして肩《かた》をすくめた。

「どちらもシカ科《か》だしね」

琉生《るい》が手《て》を伸《の》ばして赤《あか》い鼻《はな》のトナカイの頭《あたま》を撫《な》でると、トナカイは気持《きも》ちよさそうに鼻《はな》をヒクヒクと動《うご》かす。

「バーバリーシープは何科《なにか》でしたっけ？」

P《ピー》・P《ピー》・ジュニアは、似《に》たような別《べつ》の生《い》き物《もの》の名前《なまえ》を出《だ》した。

「あれはウシ科《か》。カモシカの仲間《なかま》はみんなそうだね」

琉生《るい》は答《こた》える。

「君《きみ》さ、中学生《ちゅうがくせい》のくせに物知《ものし》りね？　じゃあさ、シカとトナカイはどこが違《ちが》うの？」

冬吹刑事《ふぶきけいじ》が琉生《るい》に質問《しつもん》する。

「トナカイはメスも角《つの》があるんじゃなかったかな？　確《たし》かじゃないけど」

「ノルウェイの人《ひと》は、角《つの》の形《かたち》でトナカイとヘラジカの区別《くべつ》がつくらしいですね」

P《ピー》・P《ピー》・ジュニアも琉生《るい》に負《ま》けじと知識《ちしき》を披露《ひろう》した。

「あのな〜、そういう話《はなし》は学校《がっこう》の理科《りか》の時間《じかん》にしてくれ」

警部《けいぶ》が話《はなし》を元《もと》に戻《もど》す。

「そうでした。で、何《なん》でシカがたくさん留置場《りゅうちじょう》に？」

Ｐ《ピー》・Ｐ《ピー》・ジュニアが尋《たず》ねた。

「だからトナカイだって」

と、冬吹刑事《ふぶきけいじ》が突《つ》っ込《こ》む。

「このトナカイどもな、駐車違反《ちゅうしゃいはん》でとっ捕《つか》まえたんだが」

名垂警部《なだれけいぶ》が説明《せつめい》しかけたが——。

「トナカイも勝手《かって》に止《と》めると、駐車違反《ちゅうしゃいはん》になるんですか？」

Ｐ《ピー》・Ｐ《ピー》・ジュニアがさえぎった。

「そりゃまあ、なるんじゃねえの？」

名垂警部《なだれけいぶ》は自信《じしん》がなさそうだ。

「とにかく、こいつらがとんでもないことを言《い》い出《だ》したんで、お前《まえ》さんに話《はなし》を聞《き》いてやって欲《ほ》しいんだ」

「そう言《い》われても、トナカイの言葉《ことば》は分《わ》かりませんよ」

Ｐ《ピー》・Ｐ《ピー》・ジュニアは首《くび》を横《よこ》に振《ふ》る。

P《ピー》・P《ピー》・ジュニアに分《わ》からないのだから、アリスに分《わ》かるはずもない。

「だろうと思《おも》ってな。――済《す》まない、来《き》てくれ」

警部《けいぶ》は頷《うなず》くと、ここに入《はい》る時《とき》に扉近《とびらちか》くの廊下《ろうか》にいた女《おんな》の人《ひと》を呼《よ》び寄《よ》せた。

柔《やわ》らかそうな金髪《きんぱつ》を伸《の》ばした、スーツ姿《すがた》の女性《じょせい》である。

「この人《ひと》に来《き》てもらってる」

「初《はじ》めまして、P《ピー》・P《ピー》・ジュニアさん。私《わたし》、こういうものでして」

スーツ姿《すがた》の女《おんな》の人《ひと》は、『時任栗栖《ときとうくりす》』と書《か》かれた名刺《めいし》を取《と》り出《だ》してP《ピー》・P《ピー》・ジュニアに渡《わた》した。

「グリーンランド語《ご》、デンマーク語《ご》、フィンランド語《ご》とトナカイ語《ご》の通訳《つうやく》をしております」

栗栖《くりす》と名乗《なの》った女性《じょせい》は説明《せつめい》した。

「フガフガフガ～」

トナカイのうち、赤《あか》い鼻《はな》をした1頭《とう》が栗栖《くりす》さんに向《む》かって何《なに》かを訴《うった》える。

「なるほど……そうなのですね？」

本当《ほんとう》に言葉《ことば》が分《わ》かるのか、栗栖《くりす》さんは相《あい》づちを打《う》った。

「フガフガフガフガァ！」

「まさか？」

「フッガフガフガフガ〜！」

「それは大変《たいへん》です」

「あの、トナカイさんは何《なん》と？」

アリスは栗栖《くりす》さんに尋《たず》ねた。

「このトナカイのルドルフさんは、サンタクロースが誘拐《ゆうかい》されたとおっしゃっています」

栗栖《くりす》さんは赤鼻《あかはな》のトナカイの言葉《ことば》を一同《いちどう》に伝《つた》える。

「サンタクロースが？」

「サンタクロースって、あのサンタクロース？」

アリスと琉生《るい》は、またもや顔《かお》を見合《みあ》わせた。

「はい。赤《あか》い服《ふく》に赤《あか》い帽子《ぼうし》、白《しろ》いおヒゲにでっぷりお腹《なか》、あのサンタクロースです」

栗栖《くりす》さんは真面目《まじめ》な顔《かお》で頷《うなず》く。

「お前《まえ》さんを呼《よ》んだ理由《りゆう》が分《わ》かったろ？」

名垂警部《なだれけいぶ》が言《い》った。

「確《たし》かに。こんな奇《き》っ怪《かい》な事件《じけん》。解決《かいけつ》できるのは――」

P《ピー》・P《ピー》・ジュニアが胸《むね》を張《は》ろうとして――。

「僕《ぼく》らだけだね」

琉生《るい》が続《つづ》ける。

「ピキ～ッ！　どうしていつもいつも！　探偵《たんてい》シュヴァリエ、あなたは私《わたし》のカッコいい台詞《せりふ》に割《わ》り込《こ》もうとするんです⁉」

P《ピー》・P《ピー》・ジュニアは、タタタタタタタタ～ッと黄色《きいろ》い水《みず》かきで床《ゆか》を叩《たた》いた。

「ごめんごめん」

琉生《るい》は笑《わら》って謝《あやま》る。

「つたく、サンタの誘拐《ゆうかい》なんて国際的《こくさいてき》な事件《じけん》を、こんな地方《ちほう》の警察《けいさつ》に持《も》ち込《こ》まないで欲《ほ》しいわよね」

ブツブツと小声《こごえ》で不平《ふへい》を口《くち》にしたのは冬吹刑事《ふぶきけいじ》だ。

「おやあ？　冬吹刑事《ふぶきけいじ》、イブなのにデートのご予定《よてい》は？」

Ｐ《ピー》・Ｐ《ピー》・ジュニアが振《ふ》り返《かえ》り、わざとらしく聞《き》く。

「……うっさい」

冬吹刑事《ふぶきけいじ》の目《め》が、凶悪犯《きょうあくはん》の目《め》になった。

「そいじゃ、あとは任《まか》せたぞ。俺《おれ》は娘《むすめ》とケーキを買《か》いに行《い》くんでな」

名垂警部《なだれけいぶ》はさっさと逃《に》げ出《だ》す。

残《のこ》ったのはアリスと琉生《るい》、Ｐ《ピー》・Ｐ《ピー》・ジュニアと冬吹刑事《ふぶきけいじ》、通訳《つうやく》の栗栖《くりす》さんとトナカイたちだ。

「いちおう、ご紹介《しょうかい》しておきます。こちらのトナカイさんたちは、右《みぎ》からダッシャーさん、ダンサーさん、プランサーさん、ヴィクセンさん、ダンナーさん、ブリッツェンさん、キユーピッドさん、コメットさん、そしてリーダーのルドルフさんです」

栗栖《くりす》さんは順番《じゅんばん》に紹介《しょうかい》していった。

「フガフガッフガッ！」

一番左《いちばんひだり》のルドルフが、アリスたちに向《む》かって「よろしく」というように頭《あたま》を下《さ》げる。

「……確《たし》かトナカイのオスは、冬《ふゆ》に入《はい》る前《まえ》に角《つの》が取《と》れるんだったよね？　この時期《じき》に角《つの》があるってことは――」

琉生《るい》がトナカイたちを見《み》つめてつぶやいた。

「はい、よくご存《ぞん》じですね」

栗栖《くりす》さんが頷《うなず》く。

「ここにいらっしゃるトナカイさんたちはみなさん、女性《じょせい》ですので。お嬢《じょう》さんとお呼《よ》びください」

「ルドルフさんも？」

アリスが手《て》を上《あ》げて聞《き》いた。

「もちろんです」

栗栖《くりす》さんとトナカイが、同時《どうじ》に首《くび》を縦《たて》に振《ふ》る。

「では、ミス・ルドルフ」

P《ピー》・P《ピー》・ジュニアが咳払《せきばら》いをしてから質問《しつもん》した。

「サンタクロースが誘拐《ゆうかい》された時間《じかん》と場所《ばしょ》を教《おし》えてください」

「フガフガフガッフガッ！」

「ルドルフさんによると、サンタが誘拐《ゆうかい》されたのは『赤妃《あかひ》ふれあい広場《ひろば》』だそうです」

栗栖《くりす》さんが、ルドルフの言葉《ことば》を通訳《つうやく》する。

『赤妃《あかひ》ふれあい広場《ひろば》』は市役所《しやくしょ》の前《まえ》にあるイベント会場《かいじょう》で、『白瀬市最強《しらせしさいきょう》キャラクター決定《けってい》コンテスト』や、『まずさは今《いま》や宇宙的《うちゅうてき》！　超C級《ちょうシーきゅう》グルメ祭《まつり》』、『季節《きせつ》はずれ！　真冬《まふゆ》の納涼《のうりょう》コスプレ盆踊《ぼんおど》り』などが開《ひら》かれる場所《ばしょ》である。

「まずは現場《げんば》に行《い》こうか？　目撃者《もくげきしゃ》がいるかも知《し》れない」

琉生《るい》が提案《ていあん》する。

「だ〜か〜ら〜！　それを決《き》めるのは私《わたし》でしょ!?」

P《ピー》・P《ピー》・ジュニアは琉生《るい》に釘《くぎ》を刺《さ》してから、冬吹刑事《ふぶきけいじ》の方《ほう》を見《み》た。

「案内役《あんないやく》が必要《ひつよう》ですので、トナカイさんたちを出《だ》してあげてくれませんか？」

「う〜ん。いいのかなあ？」

冬吹刑事《ふぶきけいじ》は少《すこ》し考《かんが》えてから留置場《りゅうちじょう》の鍵《かぎ》を開《あ》けた。

「ま、問題《もんだい》が起《お》きたら、警部《けいぶ》のせいにしちゃえ」

9頭《とう》のトナカイは、角《つの》を鉄格子《てつごうし》に引《ひ》っかけながらも留置場《りゅうちじょう》から出《で》てくる。

「フガガッ！　フガフガッ、フガ！　フガフガ～フガッフ！」

トナカイたちは口々《くちぐち》に訴《うった》えた。

「お願《ねが》いです！　何《なん》でも協力《きょうりょく》するので、サンタを！　サンタを助《たす》けてください！　と、申《もう》しております」

と、栗栖《くりす》さん。

「任《まか》せなさい！　パーティまでにはこの事件《じけん》、解決《かいけつ》してみせますよ！」

P《ピー》・P《ピー》・ジュニアはドンッとヒレで胸《むね》を叩《たた》いて――。

「おへっ」

と、むせた。


白瀬署《しらせしょ》を出《で》たアリスたちは、パトカーで誘拐現場《ゆうかいげんば》の『赤妃《あかひ》ふれあい広場《ひろば》』に向《む》かった。

「……ホワイト・クリスマスですね」

パトカーの窓《まど》から外《そと》を見《み》て、後部座席《こうぶざせき》のアリスはつぶやく。

市内《しない》はムソルグスキー総統《そうとう》が起《お》こした事件《じけん》の影響《えいきょう》で、まだ雪《ゆき》が残《のこ》っているのだ。

「んなことどうでもいい。……あ〜、恥《は》ずかしいなあ、もう！」

パトカーを運転《うんてん》する冬吹刑事《ふぶきけいじ》は、前《まえ》を行《ゆ》くトナカイたちにクラクションを鳴《な》らした。

トナカイに囲《かこ》まれて進《すす》むパトカーは、街行《まちゆ》く人々《ひとびと》の注目《ちゅうもく》を集《あつ》めている。

特《とく》に子供《こども》たちは大騒《おおさわ》ぎである。

「考《かんが》えてみれば、全部《ぜんぶ》のトナカイを連《つ》れてくる必要《ひつよう》はなかったかも知《し》れませんね。ルドルフさんだけでよかったかも？」

アリスのひざの上《うえ》に座《すわ》るP《ピー》・P《ピー》・ジュニアが、ペロッと舌《した》を出《だ》した。

「今《いま》さら言《い》うな！」

冬吹刑事《ふぶきけいじ》は振《ふ》り返《かえ》ってP《ピー》・P《ピー》・ジュニアをにらむ。

「しかし困《こま》ったな」

助手席《じょしゅせき》に座《すわ》る琉生《るい》が、小《ちい》さく肩《かた》をすくめた。

「ええ」

P《ピー》・P《ピー》・ジュニアも、真剣《しんけん》な顔《かお》に戻《もど》ってクチバシを縦《たて》に振《ふ》る。

「何《なん》のことでしょう？」

栗栖《くりす》さんが聞《き》いた。

「サンタの姿《すがた》なら嫌《いや》でも目立《めだ》ちますから、誘拐《ゆうかい》されたところを目撃《もくげき》している人《ひと》がたくさんいるはず。聞《き》き込《こ》みは楽勝《らくしょう》だと思《おも》ったんですが――」

と、P《ピー》・P《ピー》・ジュニア。

「今日《きょう》はイブだからね」

琉生《るい》が続《つづ》ける。


「…………………………………………………………………あ」


アリスは、ふたりが困《こま》っている理由《りゆう》にやっと気《き》がついた。

今《いま》、パトカーは駅前広場《えきまえひろば》のあたりを走《はし》っているところだが。

サンタの姿《すがた》でビラを配《くば》っている人《ひと》が、駅《えき》の改札前《かいさつまえ》にふたり。

広場《ひろば》にも3人《にん》。ショッピングモールの中《なか》に入《はい》れば、さらにいそうである。

つまり、今日《きょう》は街中《まちじゅう》サンタだらけなのだ。

「サンタを目撃《もくげき》した人《ひと》はたくさんいるだろうけど、本物《ほんもの》を目撃《もくげき》したのは、どれくらいかな？」

琉生《るい》が眉《まゆ》をひそめる。

「……考《かんが》えるだけでうんざりね」

冬吹刑事《ふぶきけいじ》も顔《かお》を歪《ゆが》めた。

やがて、パトカーとトナカイたちは『赤妃《あかひ》ふれあい広場《ひろば》』に到着《とうちゃく》したが、そこでは思《おも》いがけない人《ひと》たちが待《ま》っていた。

「赤妃《あかひ》さん……どうしてここに？」

広場《ひろば》の北《きた》ゲート近《ちか》くに立《た》つリリカを見《み》て、アリスは目《め》を丸《まる》くした。

リリカだけではない。

その隣《となり》にいるのは計太《けいた》だ。

「庶民《しょみん》！　あなたと響様《ひびきさま》が一緒《いっしょ》にいるというのに！　この超《ちょう》スーパースターの赤妃《あかひ》リリカが邪魔《じゃま》をしない訳《わけ》がないでしょう！」

リリカは胸《むね》を張《は》って高笑《たかわら》いした。

「パーティの準備《じゅんび》を手伝《てつだ》いに探偵社《たんていしゃ》に行《い》ったら、誰《だれ》もいないでしょう？　例《れい》のＲＩＡ《アールアイエー》に捜《さが》してもらって、こっちに先回《さきまわ》りしたんですよ」

ちょっと得意《とくい》げに説明《せつめい》したのは計太《けいた》である。

ちなみに、RIA《アールアイエー》とはリリカ情報局《じょうほうきょく》の略《りゃく》。

リリカのために、あらゆる情報《じょうほう》を集《あつ》める赤妃家《あかひけ》のスパイ組織《そしき》なのだ。

「そう！　この僕《ぼく》もさ！」

まるで出番《でばん》を待《ま》っていたかのように、ゲートの陰《かげ》から飛《と》び出《だ》してきたのは、頭《あたま》にターバンを巻《ま》いた男《おとこ》の子《こ》。

隣《となり》のクラスの転校生《てんこうせい》で、前《まえ》に事件《じけん》に巻《ま》き込《こ》まれたことのある暴夜騎士《あらびやないと》だ。

「メリ～・クリスマス！」

騎士《ないと》はポケットから出《だ》したクラッカーを鳴《な》らした。

「暴夜君《あらびやくん》もキリスト教《きょう》のお祝《いわ》いを？」

中東出身《ちゅうとうしゅっしん》の騎士《ないと》に、アリスは尋《たず》ねる。

「郷《ごう》に入《い》らば郷《ごう》に従《したが》え、というじゃないか？　ちなみに、大晦日《おおみそか》には除夜《じょや》の鐘《かね》を聞《き》きに行《い》くし、初詣《はつもうで》にも行《い》くよ」

「で、P《ピー》様《さま》、今回《こんかい》はどんな事件《じけん》ですの？」

リリカは興味津々《きょうみしんしん》といった表情《ひょうじょう》で、P《ピー》・P《ピー》・ジュニアに尋《たず》ねる。

「実《じつ》は――」

P《ピー》・P《ピー》・ジュニアは事件《じけん》のあらましを説明《せつめい》した。

「サンタ様《さま》が誘拐《ゆうかい》！　それは大事件《だいじけん》ではありませんこと!?」

「サンタって実在《じつざい》するんですか？」

「ドイツではおじいさんのサンタじゃなくて、金髪《きんぱつ》のきれいな娘《むすめ》さんのサンタ、クリストキントが来《く》る地方《ちほう》もあるそうだよ。僕《ぼく》としてはそっちの方《ほう》がいいなあ～」

リリカ、計太《けいた》、騎士《ないと》の反応《はんのう》はそれぞれだった。

「サンタ様《さま》には毎年《まいとし》お世話《せわ》になっていますから、助《たす》けない訳《わけ》にはいきませんわね」

リリカは乗《の》り気《き》である。

「赤妃《あかひ》さんって、サンタからプレゼントもらえそうには――ったあ！」

「サンタ様《さま》は去年《きょねん》も私《わたし》に、モンテカルロの別荘《べっそう》をプレゼントしてくれましたもの！」

余計《よけい》なことを言《い》う計太《けいた》の足《あし》を踏《ふ》んづけて、リリカは続《つづ》けた。

「……モ、モンテカルロ？」

アリスは絶句《ぜっく》する。普通《ふつう》、サンタは別荘《べっそう》をプレゼントしない。そもそも、別荘《べっそう》はそりに載《の》せられるものではない。

「赤妃《あかひ》さんのご両親《りょうしん》はね、毎年《まいとし》、サンタ役《やく》の俳優《はいゆう》さんをハリウッドから呼《よ》び寄《よ》せているんだ」

琉生《るい》がこっそりと説明《せつめい》してくれた。

「まあ、普通《ふつう》なら警察《けいさつ》の仕事《しごと》に子供《こども》が首《くび》を突《つ》っ込《こ》むな、って言《い》いたいところなんだけど。警部《けいぶ》もいないし、手伝《てつだ》ってもらうわよ」

冬吹刑事《ふぶきけいじ》がリリカたちを見《み》て告《つ》げる。

「フフガッ、ブガフガッフ！」

「サンタクロースはここで誘拐《ゆうかい》された。みんな、頼《たの》んだぞ、とおっしゃっております」

栗栖《くりす》さんがまたまたルドルフの言葉《ことば》を通訳《つうやく》した。

アリスたちは手分《てわ》けして、サンタがさらわれたところを見《み》た人《ひと》を探《さが》すことにする。

アリスと聞《き》き込《こ》みをするのは琉生《るい》。

P《ピー》・P《ピー》・ジュニアと組《く》むのはリリカ。

計太《けいた》とは、騎士《ないと》。

冬吹刑事《ふぶきけいじ》は、栗栖《くりす》さんと一緒《いっしょ》にパトカーで待《ま》つことになった。


「サンタ？　駅前《えきまえ》にたくさんいたよ」

「TV《テレビ》のコマーシャルに出《で》てた」

「サンタさんはね〜、寝《ね》てる間《あいだ》に来《く》るの〜」

広場《ひろば》にいた人《ひと》たちに聞《き》き回《まわ》ったのは、主《おも》に琉生《るい》だった。

のんびりしているアリスでは、声《こえ》をかけようかな、と思《おも》っている間《あいだ》に、相手《あいて》が目《め》の前《まえ》を通《とお》り過《す》ぎてしまうのである。

「まいったね、これは」

琉生《るい》は30人《にん》ほどに聞《き》き込《こ》みをしたが、誘拐事件《ゆうかいじけん》に直接《ちょくせつ》、関係《かんけい》ありそうな話《はなし》は聞《き》き出《だ》せていない。

「いったい本物《ほんもの》はどこに？」

1時間近《じかんちか》くで、収穫《しゅうかく》はゼロ。アリスたちはベンチで少《すこ》しだけ休《やす》むことにした。

「まさか、サンタを捜《さが》すことになるとはね。僕《ぼく》がサンタを信《しん》じていたのは、小学校《しょうがっこう》1年《ねん》までなんだけど」

琉生《るい》は自販機《じはんき》で買《か》ってきたホット・コーヒーの缶《かん》をアリスに渡《わた》し、アリスの隣《となり》に座《すわ》る。

「何《なん》で信《しん》じるのをやめたんですか？」

アリスは缶《かん》をカコッと開《あ》けながら尋《たず》ねた。

「そりゃあ、イブが近《ちか》くなるとうちの両親《りょうしん》、僕《ぼく》が何《なに》を欲《ほ》しがっているのか探《さぐ》ろうとしたからね。近所《きんじょ》の玩具店《がんぐてん》のレシートもテーブルの上《うえ》にあったし、ラッピングもその店《みせ》のものだった。サンタ＝両親《りょうしん》という真実《しんじつ》には、簡単《かんたん》にたどり着《つ》けたよ」

「小《しょう》1で名推理《めいすいり》です」

「でもね」

琉生《るい》は空《そら》を見上《みあ》げる。

「最近《さいきん》は、サンタがいないなんていう常識《じょうしき》の方《ほう》を疑《うたが》うべきだって気《き》がしてるよ」

「シロクマの強盗団《ごうとうだん》が襲《おそ》ってくる街《まち》に住《す》んでると、自然《しぜん》とそうなります」

と、アリスが缶《かん》コーヒーに口《くち》をつけたところに――。

「庶民《しょみん》〜っ！　響様《ひびきさま》と何《なに》をコソコソ話《はな》しているんですの!?」

P《ピー》・P《ピー》・ジュニアを抱《かか》えたリリカがはるか噴水《ふんすい》の向《む》こうから全速力《ぜんそくりょく》で走《はし》ってきて、ゼイゼイ言《い》いながらアリスを問《と》いつめた。

「ええっと、事件《じけん》のことを考《かんが》えていたんだけど？」

琉生《るい》がリリカに告《つ》げる。

「どうせ、手《て》がかりはなかったんでしょう？」

と、P《ピー》・P《ピー》・ジュニアがフフンと鼻《はな》を鳴《な》らす。

「ししょ〜、そっちは？」

「もちろん、ありません」

P《ピー》・P《ピー》・ジュニアは胸《むね》を張《は》った。

「ししょ〜、イバることでは？」

アリスはちょっと恥《は》ずかしい。

「ともかく《エニィウェイ》」

P《ピー》・P《ピー》・ジュニアは咳払《せきばら》いをして続《つづ》けた。

「ここは違《ちが》う方向《ほうこう》から事件《じけん》を見直《みなお》すべきです。まずは、犯人《はんにん》の目的《もくてき》から。犯人《はんにん》はどうしてサンタを誘拐《ゆうかい》したのでしょう？」

「身代金《みのしろきん》ですわ」

リリカが断言《だんげん》する。

「P様《ピーさま》、考《かんが》えても見《み》てください。サンタは世界中《せかいじゅう》の子供《こども》たちに何千万《なんぜんまん》というプレゼントを配《くば》るんですのよ？　プレゼントを作《つく》るにしても、買《か》ってくるにしても、国家予算並《こっかよさんな》みのお金《かね》が必要《ひつよう》ですわ！」

「すると、サンタさんは大金持《おおがねも》ちで？」

サンタが抱《かか》えている白《しろ》い袋《ふくろ》にお札《さつ》が山《やま》ほど詰《つ》まっているところを想像《そうぞう》すると、ちょっと複雑《ふくざつ》な気分《きぶん》になる。

「身代金目的《みのしろきんもくてき》の可能性《かのうせい》は捨《す》てがたいね。だけど、それならどうして犯人《はんにん》は連絡《れんらく》してこないんだろう？　身代金《みのしろきん》を取《と》る気《き》なら、とっくに連絡《れんらく》があっていいはずだ」

琉生《るい》が半分同意《はんぶんどうい》しながらも、疑問点《ぎもんてん》を口《くち》にした。

「それ以前《いぜん》に誰《だれ》に連絡《れんらく》するのかな？　トナカイに？」

「ごもっともです《インディード》」

と、アリス。

確《たし》かに日本語《にほんご》が話《はな》せないトナカイが、銀行《ぎんこう》で何億円《なんおくえん》もおろして、それを引《ひ》き渡《わた》しの現場《げんば》に持《も》っていくのは難《むずか》しいだろう。

「もう一度《いちど》、ルドルフさんに詳《くわ》しい話《はなし》を聞《き》くべきかも知《し》れないね」

琉生《るい》がそう提案《ていあん》すると、P《ピー》・P《ピー》・ジュニアたちも頷《うなず》いた。


パトカーが止《と》めてある場所《ばしょ》に戻《もど》ると、そこには計太《けいた》と騎士《ないと》の姿《すがた》もあった。

ふたりも目撃者《もくげきしゃ》を見《み》つけられなかったらしく、アリスが目《め》を向《む》けると首《くび》を横《よこ》に振《ふ》った。

「……もうさあ、誘拐《ゆうかい》じゃなくって、自分《じぶん》で姿《すがた》を消《け》したってことにしない？」

冬吹刑事《ふぶきけいじ》はあきらめたような表情《ひょうじょう》を浮《う》かべ、P《ピー》・P《ピー》・ジュニアに耳打《みみう》ちする。

「むにゅう、失踪《しっそう》ですか？　その可能性《かのうせい》は考《かんが》えてなかったですね？」

「じゃ、事件《じけん》じゃないってことで。せっかくのクリスマスなんだから、帰《かえ》るわよ」

冬吹刑事《ふぶきけいじ》はパトカーに乗《の》ろうとする。

「予定《よてい》もないくせに」

P《ピー》・P《ピー》・ジュニアがボソッとつぶやく。

「何《なん》だとおおおおっ！」

「去年《きょねん》だって、相手《あいて》がいなかったからって私《わたし》を誘《さそ》いにきたでしょ？」

「あんただって相手《あいて》いないじゃない！」

冬吹刑事《ふぶきけいじ》とP《ピー》・P《ピー》・ジュニアがもめている間《あいだ》に、アリスは栗栖《くりす》さんを通《つう》じてルドルフに尋《たず》ねる。

「サンタさんはいったい、どういう風《ふう》にさらわれたんですか？」

「フガッフッフガッフガフガ！」

「ルドルフさんはこうおっしゃっています。サンタのそりが、小型《こがた》ミサイルで撃《う》ち落《お》とされたのだと」

ルドルフの返事《へんじ》を栗栖《くりす》さんが伝《つた》えた。

「ミサイルで？」

「撃《う》ち落《お》とされた？」

琉生《るい》とアリスは思《おも》わず聞《き》き返《かえ》す。

「フガ。フガフガフガッッフ、フガフフッガフガフガフガフガッッフ、フガフ！」

「はい」

栗栖《くりす》さんは続《つづ》けた。

「新《あたら》しいそりの試運転《しうんてん》で白瀬市《しらせし》の上空《じょうくう》をそりで飛《と》んでいたら、いきなり小型《こがた》ミサイルで攻撃《こうげき》されたんです。ルドルフさんたちは何《なん》とか無事《ぶじ》に着陸《ちゃくりく》しましたが、サンタの姿《すがた》はいつの間《ま》にかそりの上《うえ》から消《き》えていたのです」

「ミサイル、サンタ……ミサイル、サンタ……っと。……ありました！　その時《とき》の映像《えいぞう》が、ネットにアップされています！」

タブレットを操作《そうさ》した計太《けいた》が動画《どうが》を発見《はっけん》して、みんなに見《み》せた。

誰《だれ》が撮《と》ったのか、その動画《どうが》にはサンタのそりが撃《う》ち落《お》とされるところが映《うつ》っている。

ただ、撮影《さつえい》した人《ひと》は何《なに》かのイベントだと思《おも》ったらしく、警察《けいさつ》に通報《つうほう》はしていない。

「しかし小型《こがた》ミサイルですか。どこでそんなものを——」

P《ピー》・P《ピー》・ジュニアがタブレットの映像《えいぞう》を見《み》て、ハッと気《き》がつく。

「まさか、あの連中《れんちゅう》が？」

と、琉生《るい》。

「聞《き》いてみます」

アリスはポシェットから、スマートフォンを取《と》り出《だ》した。


「市《し》の南《みなみ》のカラオケ……ボックス？」

看板《かんばん》を見上《みあ》げ、唇《くちびる》をへの字《じ》にしたのは冬吹刑事《ふぶきけいじ》だった。

今《いま》、アリスたちは霙川《みぞれがわ》のそばにある24時間営業《じかんえいぎょう》のカラオケ・ボックス『ネバー・スリープ』の前《まえ》に来《き》ているのだ。

ちなみに、トナカイたちは駐車場《ちゅうしゃじょう》で待機《たいき》である。

「こんなところにあの連中《れんちゅう》が？」

P《ピー》・P《ピー》・ジュニアがアリスを見上《みあ》げた。

「オオカミさんに聞《き》いたので、確《たし》かです」

アリスが電話《でんわ》をかけ、自称美少女怪盗赤《じしょうびしょうじょかいとうあか》ずきんの相棒《あいぼう》であるオオカミに尋《たず》ねたのは、天《てん》才犯罪《さいはんざい》コンサルタント、グリム・ブラザーズの居所《いどころ》だった。

グリム・ブラザーズの兄《あに》、ジェイは先生《せんせい》として、弟《おとうと》のウィルは生徒《せいと》として、赤《あか》ずきんと同《おな》じ『森之奥高校《もりのおくこうこう》』に通《かよ》っている。だから、オオカミに聞《き》けば、ふたりがどこにいるのか分《わ》かるだろう、とアリスは思《おも》ったのだ。

受付《うけつけ》の店員《てんいん》さんに話《はなし》をし、アリスたちは目的《もくてき》の部屋《へや》に向《む》かう。

そして、琉生《るい》がその部屋《へや》のドアノブに手《て》をかけ、扉《とびら》を開《ひら》いたとたん――。

「だいたい集《あつ》まるのが早《はや》すぎんだよ！　パーティが昼《ひる》からって、子供《こども》かお前《まえ》ら!?」

「そう言《い》うウィル君《くん》の方《ほう》が子供《こども》っぽいですよ、すてきなジェイ様《さま》と違《ちが》って」

「んだと！　お前《まえ》、焼《や》き魚《ざかな》にするぞ！」

「そこ、お馬鹿同士《ばかどうし》でもめないの！」

「お前《まえ》に言《い》われたくないっての、アホずきん！」

騒々《そうぞう》しく言《い》い争《あらそ》う声《こえ》が聞《き》こえてきた。

聞《き》き覚《おぼ》えのある声《こえ》である。

「……うわ、最悪《さいあく》」

部屋《へや》に集《あつ》まっているメンバーを見《み》て、冬吹刑事《ふぶきけいじ》が思《おも》わずうなる。

「うにゅにゅ～⁉」

P《ピー》・P《ピー》・ジュニアもあきれ顔《がお》になった。

「見《み》ての通《とお》り。クリスマス・パーティさ」

ジェイ・グリムが茶目《ちゃめ》っ気《け》たっぷりのウインクをP《ピー》・P《ピー》・ジュニアに返《かえ》す。

「クリスマス・パーティなんて、俺《おれ》は嫌《いや》だって言《い》ったのによ！」

椅子《いす》から立《た》ち上《あ》がり、真《ま》っ赤《か》になって顔《かお》を背《そむ》けたのは、ウィル・グリムだった。

「やっほ～、ペンちゃん！」

赤《あか》ずきんがP《ピー》・P《ピー》・ジュニアに手《て》を振《ふ》った。

その横《よこ》には、さっきアリスが連絡《れんらく》したオオカミがいる。

「あ～！　ぼけ～っとした子《こ》も一緒《いっしょ》だ～！」

自称犯罪芸術家《じしょうはんざいげいじゅつか》ヘンゼルとグレーテルの姉《あね》の方《ほう》、グレーテルがアリスを見《み》て声《こえ》をあげた。

「この前《まえ》はお世話《せわ》になりました」

アリスたちに頭《あたま》を下《さ》げたのはヘンゼル。

「あ〜、響君《ひびきくん》もいます！」

マイクを手《て》に絶唱中《ぜっしょうちゅう》だった人魚《にんぎょ》の汐凪茉莉音《しおなぎまりね》が、笑顔《えがお》を見《み》せる。

「学園祭以来《がくえんさいいらい》かな？」

と、アリスたちに尋《たず》ねたのは、天才生物工学者《てんさいせいぶつこうがくしゃ》ジャック碇山《いかりやま》である。

ジェイとウィル、赤《あか》ずきんに茉莉音《まりね》、それにヘンゼルとグレーテルの姉弟《してい》に、ジャックとオオカミ。アリスの見《み》たところ、ここにいるのはほとんどが――最後《さいご》の1匹《ぴき》を除《のぞ》けば――『森之奥高校《もりのおくこうこう》』の関係者《かんけいしゃ》だ。

「ほう？　先生《せんせい》が生徒《せいと》のパーティに参加《さんか》しているんですか？」

P《ピー》・P《ピー》・ジュニアはジェイに白《しろ》い目《め》を向《む》けた。

「僕《ぼく》は保護者《ほごしゃ》だよ。問題《もんだい》を起《お》こしそうなメンバーばかりだからね」

ジェイはP《ピー》・P《ピー》・ジュニアに向《む》かって微笑《ほほえ》む。

「さしずめ、悪《あく》の巣窟《そうくつ》といったところだね」

琉生《るい》がジェイに声《こえ》をかける。

「え？　みんな悪人《あくにん》なの？」

と、驚《おどろ》いた顔《かお》を見《み》せたのは、アリスたちのクラスメート憩《いこい》の兄《あに》でもあるジャックだ。

「言《い》われてみれば、ジャック以外《いがい》はたいていそうだよね？」

赤《あか》ずきんが肩《かた》をすくめる。

「え～、私《わたし》も悪人《あくにん》ですか～？」

不服《ふふく》そうに唇《くちびる》を尖《とが》らせたのは茉莉音《まりね》だ。

「あんたさ、あたしからジュース代借《だいか》りて返《かえ》してないじゃん？　十分《じゅうぶん》、悪党《あくとう》でしょうが！」

赤《あか》ずきんはビシッと人差《ひとさ》し指《ゆび》を突《つ》きつけた。

「セコい話《はなし》を堂々《どうどう》とすんなよ」

ウィルがこめかみを押《お》さえる。

「泥棒《どろぼう》から盗《ぬす》むって、あんた……」

グレーテルも茉莉音《まりね》から一歩《いっぽ》離《はな》れた。

「もう、グレちゃんまで！」

茉莉音《まりね》はテーブルの上《うえ》のシュークリームを両手《りょうて》につかんで頬張《ほおば》る。やけ食《ぐ》いだ。

「グレーテルさんって、ネット上《じょう》でグレ子《こ》って名乗《なの》っていませんか？」

アリスはグレーテルに聞《き》いた。

「げっ！　何《なん》で知《し》ってんの？」

アリスが思《おも》っていた通《とお》り、チックタック・ザ・キッドの一件《いっけん》を都市伝説《としでんせつ》のサイトに上《あ》げたのは、グレーテルだったようだ。

「白瀬市中《しらせしじゅう》の悪人《あくにん》が集《あつ》まっているかと思《おも》ったけれど――」

一同《いちどう》を見渡《みわた》して眉《まゆ》をひそめた琉生《るい》が、ジェイに聞《き》いた。

「怪盗黒《かいとうくろ》にゃんこは？」

（……かなり気《き》まずいです）

アリスは目《め》を伏《ふ》せる。

実《じつ》は、怪盗黒《かいとうくろ》にゃんこはアリスの変身《へんしん》した姿《すがた》なのだが、琉生《るい》はそれを知《し》らないのだ。

「さあ、僕《ぼく》も会《あ》ってみたいけどね」

ジェイがメガネをツッと押《お》し上《あ》げる。

「――で、僕《ぼく》らを捕《つか》まえに来《き》たのかな？」

「残念《ざんねん》ですが、今日《きょう》は違《ちが》います」

アリスは首《くび》を横《よこ》に振《ふ》った。

アリスたちは、目《め》の前《まえ》にいる少年《しょうねん》がジェイ・グリムであることを知《し》っている。だが、グリム・ブラザーズは世界中《せかいじゅう》の警察《けいさつ》に残《のこ》されていた自分《じぶん》たちの記録《きろく》を書《か》き換《か》えてしまった。今《いま》はこのふたりが、グリム・ブラザーズであることを証明《しょうめい》することはできないのだ。

「しょ〜、お願《ねが》いします」

アリスが説明《せつめい》すると長《なが》くなるので、ここはP《ピー》・P《ピー》・ジュニアに任《まか》せることにした。

「うにゅ、実《じつ》は――」

P《ピー》・P《ピー》・ジュニアが事件《じけん》のことを最初《さいしょ》から説明《せつめい》した。

「……なるほどね。サンタクロースが実在《じつざい》して、それを僕《ぼく》らが撃《う》ち落《お》としたと？」

話《はなし》を聞《き》き終《お》わると、ジェイは微笑《ほほえ》んで見《み》せた。

「この白瀬市《しらせし》で、ミサイルなんて物騒《ぶっそう》なものを持《も》っているのはあなたたちだけでしょ？」

P《ピー》・P《ピー》・ジュニアが指摘《してき》する。

「あのな、サンタクロースなんていねえの。これ、常識《じょうしき》」

ウィルが壁《かべ》に寄《よ》りかかって吐《は》き捨《す》てた。

「いいか？　お前《まえ》らが何《なん》と言《い》おうと、俺《おれ》はサンタなんか絶《ぜっ》っっっ対《たい》に信《しん》じないからな！」

「サンタに嫌《いや》な思《おも》い出《で》でも？」

ウィルの強《つよ》い調子《ちょうし》に驚《おどろ》き、アリスは聞《き》いてみる。

「4歳《さい》の時《とき》、俺《おれ》は1年間《ねんかん》、悪《わる》いことを我慢《がまん》してサンタに願《ねが》い事《ごと》をした！　けど、サンタは俺《おれ》が欲《ほ》しかった狙撃用《そげきよう》ライフルをくれなかったんだ！　サンタなんか、サンタなんか信《しん》じてたまるか！」

ウィルはこぶしをワナワナと震《ふる》わせた。

「4歳児《さいじ》にライフルを与《あた》えるサンタがいたら、逆《ぎゃく》に困《こま》りますよ」

P《ピー》・P《ピー》・ジュニアのクチバシからため息《いき》がもれる。

「サンタクロースが実在《じつざい》するとしても、撃《う》ち落《お》としたのは僕《ぼく》らじゃない。そりが撃墜《げきつい》された時間《じかん》には、パーティが始《はじ》まっていたからね。ここにいる全員《ぜんいん》が証人《しょうにん》だ」

ジェイは答《こた》えた。

「ミサイルを売《う》ってもいないぜ。俺《おれ》たちは関係《かんけい》ない」

ウィルがソファーに座《すわ》りながら足《あし》を組《く》む。

「証人《しょうにん》って言《い》ってもさ、ここにいるのって信用《しんよう》できそうなメンバーじゃないんだけど？」

冬吹刑事《ふぶきけいじ》の目《め》から、疑《うたが》いの色《いろ》は消《き》えない。

「うう〜、ひどいですよ！　私《わたし》、こんなに可愛《かわい》いのに」

茉莉音《まりね》が傷《きず》ついた振《ふ》りをしてテーブルのお菓子《かし》をかき集《あつ》め、一気《いっき》に口《くち》に放《ほう》り込《こ》んだ。

一方《いっぽう》。

「……ジェイは嘘《うそ》はついていないと思《おも》う」

と、琉生《るい》は頷《うなず》いた。

「グリム・ブラザーズは、利益《りえき》にならないことはしない。今回《こんかい》の一件《いっけん》とは、やっぱり関係《かんけい》がないだろうね」

「だとすると、うにゅう、手詰《てづ》まりですね」

肩《かた》——ないけど——を落《お》とすP《ピー》・P《ピー》・ジュニアに、ジャック碇山《いかりやま》がコーラを紙《かみ》コップに入《い》れて差《さ》し出《だ》した。

「でも、なかなか面白《おもしろ》いな。僕《ぼく》らも捜査《そうさ》に協力《きょうりょく》するよ。今日《きょう》だけは休戦《きゅうせん》だ」

ジェイがアリスにウインクする。

「犯罪者《はんざいしゃ》が推理《すいり》を？　無理無理《むりむり》～」

冬吹刑事《ふぶきけいじ》が首《くび》を横《よこ》に振《ふ》った。

「推理《すいり》ができるのは、探偵《たんてい》だけじゃないよ」

自信《じしん》たっぷりの表情《ひょうじょう》のジェイ。

「俺《おれ》たちの仕事《しごと》は、探偵《たんてい》や警察《けいさつ》の推理《すいり》の裏《うら》をかくことだからな。つまり、推理《すいり》して、その上《うえ》を行《い》くってことだ」

ウィルはトランプを取《と》り出《だ》してカードを一列《いちれつ》に並《なら》べると、一気《いっき》に全部《ぜんぶ》を表《おもて》にした。

カードは全部《ぜんぶ》が黒《くろ》。

だが、もう一度裏返《いちどうらがえ》してまた表《おもて》にすると、今度《こんど》は全部《ぜんぶ》が赤《あか》になっている。

「信《しん》じていいんですかねえ？」

P《ピー》・P《ピー》・ジュニアは迷《まよ》う。

「信頼《しんらい》はできないが、信用《しんよう》はしてもいい」

と、琉生《るい》。

「特《とく》にジェイは犯罪《はんざい》をゲームだと思《おも》っている。僕《ぼく》らを裏切《うらぎ》って楽《たの》しいゲームを台無《だいな》しにするようなことはしない」

「なるほど《アイ・シー》」

アリスは納得《なっとく》する。

「言《い》っとくけど、このこと、警部《けいぶ》には内緒《ないしょ》だからね。バレたら私《わたし》、絶対《ぜったい》に怒《おこ》られる」

冬吹刑事《ふぶきけいじ》がみんなに念《ねん》を押《お》した。

(怒《おこ》られるどころか、クビでは？)

アリスは思《おも》ったが、黙《だま》っていることにする。

「それじゃ、現場《げんば》に戻《もど》るわよ。そこから捜査《そうさ》の仕直《しなお》しね」

と、冬吹刑事《ふぶきけいじ》が扉《とびら》に手《て》をかけたところで。

「必要《ひつよう》ないよ」

ジェイが人差《ひとさ》し指《ゆび》を立《た》てて、冬吹刑事《ふぶきけいじ》を止《と》めた。

「はあ？」

振《ふ》り返《かえ》った冬吹刑事《ふぶきけいじ》は、何《なん》で、というような顔《かお》をする。

「あのな、安楽椅子探偵《アームチェア・ディテクティヴ》って知《し》ってるか？」

ウィルがやれやれというように肩《かた》をすくめた。

「動《うご》き回《まわ》って捜査《そうさ》することなく、すでに集《あつ》まっている証拠《しょうこ》だけで真実《しんじつ》を突《つ》き止《と》める探偵《たんてい》のことですね」

解説《かいせつ》したのは計太《けいた》である。

「うにゃ、ここを一歩《いっぽ》も出《で》ずにサンタの居所《いどころ》を突《つ》き止《と》めると？」

P《ピー》・P《ピー》・ジュニアが目《め》を細《ほそ》める。

「今《いま》までに集《あつ》まった情報《じょうほう》を渡《わた》そう。お手並《てな》み拝見《はいけん》だね」

琉生《るい》は計太《けいた》のタブレットをジェイに手渡《てわた》した。

「じゃあ、私《わたし》、追加《ついか》でパフェ注文《ちゅうもん》しま〜す！」

茉莉音《まりね》が宣言《せんげん》する。

「まず」

タブレットを見《み》ながら、ジェイは言《い》った。

「さらわれた時《とき》、サンタは大声《おおごえ》をあげて助《たす》けを求《もと》めなかった。そうしていたら、誰《だれ》かが警《けい》察《さつ》に連絡《れんらく》しているだろうからね。つまり、気絶《きぜつ》していたか、薬《くすり》で眠《ねむ》らされていた可能性《かのうせい》が高《たか》い」

「なるほど《アイ・シー》」

アリスは感心《かんしん》する。

「さらに言《い》うと、サンタはあの体格《たいかく》だ。体重《たいじゅう》１００キロはあるだろう。おぶったり、抱《だ》きかかえて運《はこ》ぶことは難《むずか》しい。移動《いどう》には車《くるま》を使《つか》ったはずだ」

「なるほど《アイ・シー》」

ウィルが続《つづ》けた。

「となると、サンタはもう市外《しがい》に連《つ》れ出《だ》されている可能性《かのうせい》もあるね？」

と、口《くち》を挟《はさ》んだのはジャックである。

「なるほど《アイ・シー》」

「……どうかな？」

琉生《るい》が首《くび》を振《ふ》って冬吹刑事《ふぶきけいじ》を見《み》た。

「確《たし》か今週《こんしゅう》は交通安全週間《こうつうあんぜんしゅうかん》で、市内《しない》のあちこちで検問《けんもん》をしてますよね？」

「そういえば、そんなポスターが署内《しょない》に貼《は》ってあったかも？　私《わたし》は交通課《こうつうか》じゃないから関《かん》係《けい》ないけど」

冬吹刑事《ふぶきけいじ》はちょっと頼《たよ》りない。

「検問《けんもん》を避《さ》けるために、市内《しない》のどこかに隠《かく》れている可能性《かのうせい》が高《たか》いと僕《ぼく》は思《おも》う」

琉生《るい》は指摘《してき》した。

「なるほど」《アイ・シー》

またも頷《うなず》くアリス。

「車《くるま》を使《つか》ったとしたら、バンか大型車《おおがたしゃ》でしょうね。普通《ふつう》の乗用車《じょうようしゃ》だと、太《ふと》ったおじいさんを押《お》し込《こ》む時《とき》に目立《めだ》っちゃいますから。ナンバーから身元《みもと》が割《わ》れないように盗難車《とうなんしゃ》かも？」

今度《こんど》はヘンゼルが自分《じぶん》の推理《すいり》を語《かた》る。

「なるほど」《アイ・シー》

と、感心《かんしん》するアリスの横《よこ》で、グレーテルがメモを取《と》っている。たぶん、次《つぎ》の犯罪《はんざい》の参考《さんこう》にするのだ。

「同《おな》じ理由《りゆう》で、犯人《はんにん》の隠《かく》れ家《が》も住宅街《じゅうたくがい》やマンションではないでしょう。目立《めだ》ち過《す》ぎます」

P《ピー》・P《ピー》・ジュニアが負《ま》けじとヘンゼルに続《つづ》く。

「廃工場《はいこうじょう》とかは？」

以前《いぜん》、廃工場《はいこうじょう》で捕《つか》まっていたことがある騎士《ないと》が尋《たず》ねる。

「大《おお》き過《す》ぎますね。騎士君《ないとくん》の誘拐事件《ゆうかいじけん》の時《とき》は、犯人《はんにん》が41人《にん》もいたからあれだけ広《ひろ》い場所《ばしょ》が必要《ひつよう》だったんです。今回《こんかい》は違《ちが》いますよ」

P《ピー》・P《ピー》・ジュニアはクチバシを左右《さゆう》に振《ふ》った。

「なるほど《アイ・シー》」

アリスはさっきから、「なるほど」としか言《い》ってない気《き》がしてきた。

「じゃあ、あたしの推理《すいり》も聞《き》いて！」

対抗心《たいこうしん》を燃《も》やしたのか、赤《あか》ずきんまでもが割《わ》り込《こ》んできた。

「サンタは赤《あか》が好《す》き！　だから、私《わたし》にはたくさんプレゼントをくれる！」

「……そりゃ推理《すいり》じゃねえだろ？」

オオカミが思《おも》わず前足《まえあし》で顔《かお》をおおう。

「さて、このあたりでもうひとりのアリス君《くん》の推理《すいり》も聞《き》きたいんだが――彼女《かのじょ》はどこかな？」

ジェイがアリスに尋《たず》ねた。

「リドルさんは……ちょっと呼《よ》んできます」

アリスはそう答《こた》えて、部屋《へや》を出《で》ようとする。

「じゃあ、ジュースのお替《か》わりもお願《ねが》いしま〜す」

茉莉音《まりね》がアリスの背中《せなか》に声《こえ》をかけた。


「アリス・リドル、登場《エンター、アリス・リドル》」

アリスは廊下《ろうか》に出《で》たところで鏡《かがみ》に触《ふ》れ、鏡《かがみ》の国《くに》へとやってきた。

考《かんが》える速度《そくど》はＰ《ピー》・Ｐ《ピー》・ジュニアや琉生《るい》だけではなく、グリム・ブラザーズやヘンゼルにもかないそうにないので、こちらでゆっくりと考《かんが》えることにしたのだ。

「さてと」

アリスは近《ちか》くに浮《う》かんでいる書《か》き物机《ものづくえ》に座《すわ》った。

白瀬市《しらせし》はけっこう広《ひろ》い。

廃工場《はいこうじょう》でも住宅街《じゅうたくがい》でもマンションでもないとしても、サンタひとりを隠《かく》せる場所《ばしょ》は山《やま》ほどある。

でも。

アリスは目《め》を閉《と》じた。

試運転《しうんてん》で空《そら》を飛《と》ぶそり。

ミサイル。

運《はこ》ばれるサンタ。

アリスのまわりで無数《むすう》の鏡《かがみ》が回転《かいてん》を始《はじ》める。

そして。

「確《たし》かめる価値《かち》はあるかも知《し》れません」

アリスは目《め》を開《ひら》いた。

何《なん》となくだが、サンタを捜《さが》す方法《ほうほう》が見《み》えたからだ。

でも。

「何《なん》で……さらったんだろ？」

真《ま》っ暗《くら》な空間《くうかん》にプカプカと浮《う》きながら、アリスは考《かんが》える。

ミサイルを使《つか》っているのだから、この誘拐《ゆうかい》にはかなりのお金《かね》がかかっている。

なのに、身代金《みのしろきん》を求《もと》める連絡《れんらく》はない。

その謎《なぞ》だけが最後《さいご》に残《のこ》った。

「ずいぶんと早《はや》かったね？　まるで、すぐ近《ちか》くで登場《とうじょう》の機会《きかい》を待《ま》っていたみたいだ」

アリス・リドルの姿《すがた》で部屋《へや》に戻《もど》ると、ジェイが声《こえ》をかけてきた。

「お前《まえ》の推理《すいり》を聞《き》かせてもらおうじゃないか？」

ウィルが、お手並《てな》み拝見《はいけん》、と言《い》いたげな表情《ひょうじょう》を浮《う》かべる。

「その必要《ひつよう》はありません」

アリスはそう言《い》うと、みんなと一緒《いっしょ》にカラオケ・ボックスの外《そと》に出《で》る。

「栗栖《くりす》さん、通訳《つうやく》を」

アリスは駐車場《ちゅうしゃじょう》のトナカイたちのところに行《い》くと、栗栖《くりす》さんに頼《たの》んだ。

「ルドルフさん、そりの試運転《しうんてん》は最初《さいしょ》から白瀬市《しらせし》を通《とお》る予定《よてい》だったんですか？」

アリスはトナカイのリーダーに尋《たず》ねる。

「フガッフ、フガッフガフガ」

「いいえ、たまたまだそうです」

ルドルフの返事《へんじ》を栗栖《くりす》さんが通訳《つうやく》した。

「となると――」

アリスが続《つづ》けようとしたところで、ジェイが頷《うなず》く。

「つまり、前《まえ》もって白瀬市《しらせし》で襲《おそ》おうとした訳《わけ》ではない。サンタを隠《かく》している場所《ばしょ》も、誘拐《ゆうかい》してから探《さが》したはずだ。アリス・リドル、君《きみ》はそう言《い》いたいんだね？」

「では、ホテルや旅館《りょかん》ということですの？」

リリカが口《くち》を挟《はさ》む。

「意識《いしき》のないサンタをホテルなんかに運《はこ》び込《こ》んだら、怪《あや》しまれるに決《き》まってるだろ？」

ウィルがあきれた目《め》でリリカを見《み》る。

「……病院《びょういん》ですね！　急《きゅう》に気分《きぶん》が悪《わる》くなった人《ひと》がいる、とでも言《い》って連《つ》れ込《こ》んだんですよ」

Ｐ《ピー》・Ｐ《ピー》・ジュニアが、キラリと瞳《ひとみ》を輝《かがや》かせた。

「普通《ふつう》、事件《じけん》で怪我人《けがにん》が出《で》れば、まず病院《びょういん》を捜《さが》す。でも今回《こんかい》は誘拐《ゆうかい》ということで、病院《びょういん》は僕《ぼく》らの捜査《そうさ》の対象《たいしょう》から外《はず》された。盲点《もうてん》だったね」

琉生《るい》が額《ひたい》に手《て》を当《あ》てる。

「私《わたし》もそう思《おも》います」

と、アリス。

「怪《あや》しい急患《きゅうかん》が来《こ》なかったか、市内《しない》の病院《びょういん》に当《あ》たってみるね」

冬吹刑事《ふぶきけいじ》がスマートフォンを取《と》り出《だ》す。

「オオカミさん」

冬吹刑事《ふぶきけいじ》が調《しら》べている間《あいだ》に、アリスは赤《あか》ずきんの相棒《あいぼう》のオオカミに頼《たの》む。

「トナカイさんたちの臭《にお》いを覚《おぼ》えてください。サンタさんから、トナカイさんたちの臭《にお》いがするはず」

「おう！」

オオカミはクンクンとトナカイの臭《にお》いをかいだ。

「ビンゴ！　意識不明《いしきふめい》の大柄《おおがら》な老人《ろうじん》が連《つ》れてこられたって！　赤妃記念病院《あかひきねんびょういん》よ！」

冬吹刑事《ふぶきけいじ》がみんなに告《つ》げる。

「では、サンタを救《すく》い出《だ》しますよ〜！」

Ｐ《ピー》・Ｐ《ピー》・ジュニアが真《ま》っ先《さき》にパトカーに乗《の》り込《こ》んだ。

「僕《ぼく》らもタクシーで追《お》うよ」

と、ジェイ。

「オオカミさん、来《き》て」

アリスは琉生《るい》と一緒《いっしょ》に、パトカーの後部座席《こうぶざせき》に飛《と》び乗《の》った。

「おっ！　臭《にお》いがするぜ！」

赤妃記念病院《あかひきねんびょういん》に着《つ》くと、オオカミはパトカーから飛《と》び出《だ》して走《はし》っていった。

「サンタさん、診察《しんさつ》は受《う》けたのでしょうか？」

アリスも病院《びょういん》に入《はい》ると、ロビーを見渡《みわた》す。

「いえ、手続《てつづ》きをしただけで、姿《すがた》を消《け》したようです」

受付《うけつけ》で話《はなし》を聞《き》いたP《ピー》・P《ピー》・ジュニアが告《つ》げた。

「睡眠薬《すいみんやく》を使《つか》っていたとしたら、病院《びょういん》が怪《あや》しんで警察《けいさつ》に連絡《れんらく》するだろうからね。空《あ》いている病室《びょうしつ》にサンタを運《はこ》び込《こ》んだんだと思《おも》う」

と、琉生《るい》。

「おい、こっちだ！」

オオカミが階段《かいだん》に向《む》かいながら、ふたりと1羽《わ》に声《こえ》をかける。

P《ピー》・P《ピー》・ジュニアと琉生《るい》は、オオカミに続《つづ》くように病院内《びょういんない》の階段《かいだん》を駆《か》け上《のぼ》る。

アリスは、タクシーで追《お》ってきたリリカや計太《けいた》、グリム・ブラザーズたちを待《ま》って、一緒《いっしょ》にP《ピー》・P《ピー》・ジュニアたちの後《あと》を追《お》った。

「ここだ！」

オオカミは4階《かい》の奥《おく》の病室《びょうしつ》の扉《とびら》に体当《たいあ》たりした。

すると、そこに。

「おおっ！　見知《みし》らぬ人《ひと》たちよ！　助《たす》けてくれ！」

赤《あか》い服《ふく》の老人《ろうじん》が縛《しば》られていて、アリスたちを見《み》て助《たす》けを求《もと》めた。

「おにょ、あなたがサンタクロース？」

Ｐ《ピー》・Ｐ《ピー》・ジュニアが、赤《あか》い服《ふく》の老人《ろうじん》のところに駆《か》け寄《よ》ろうとする。

「待《ま》って」

縛《しば》られた老人《ろうじん》に近《ちか》づこうとするＰ《ピー》・Ｐ《ピー》・ジュニアのヒレを、アリスがつかんだ。

「この人《ひと》、サンタじゃありません」

アリスはオオカミを見《み》ながら言《い》った。

オオカミはこの部屋《へや》に入《はい》ってすぐに老人《ろうじん》の方《ほう》には向《む》かわず、窓《まど》の方《ほう》に行《い》こうとした。

本物《ほんもの》のサンタとは、臭《にお》いが違《ちが》うのだ。

「……ふふふふ、よく見抜《みぬ》いたな」

サンタの姿《すがた》をした男《おとこ》は立《た》ち上《あ》がった。

すると、どういう仕掛《しか》けか分《わ》からないが、真《ま》っ赤《か》だった服《ふく》が真《ま》っ黒《くろ》に変化《へんか》した。

「黒《くろ》い……サンタ？」

アリスは息《いき》を呑《の》む。

「あの服《ふく》、最新式《さいしんしき》の光学迷彩《こうがくめいさい》です！」

計太《けいた》が解説《かいせつ》してくれたが、それがどういうものなのかアリスにはピンとこない。

「自由《じゆう》に色《いろ》を変《か》えられる物質《ぶっしつ》を使《つか》っているんだよ」

琉生《るい》が付《つ》け足《た》してくれて、何《なん》となくそんなものなのかもしれない、ぐらいのことは理解《りかい》できた。

「我《わ》が名《な》はクネヒト・ループレヒト！　この国《くに》のクリスマスを台無《だいな》しにするためにやってきたのだ！」

真《ま》っ黒《くろ》な衣装《いしょう》のサンタは名乗《なの》った。

「クネヒト・ループレヒト……思《おも》い出《だ》しましたよ！　国際刑事警察機構《インターポール》の指名手配《しめいてはい》リストに載《の》っていました」

P《ピー》・P《ピー》・ジュニアがうなる。

「別名《べつめい》、黒《くろ》サンタ。世界各地《せかいかくち》でサンタのお仕事《しごと》を邪魔《じゃま》して回《まわ》っている犯罪者《はんざいしゃ》です」

「どうしてこんなことを？」

アリスには、クリスマスをメチャメチャにして何《なに》が楽《たの》しいのか分《わ》からない。

「わしは子供《こども》の頃《ころ》、一度《いちど》もプレゼントをもらえなかった」

黒《くろ》サンタは答《こた》える。

「世界中《せかいじゅう》の子供《こども》たちに、わしと同《おな》じ気持《きも》ちを味《あじ》わわせてやるのだ！　サンタの代《か》わりに、ムカデとか、蠅《はえ》とか蛾《が》とか、そういう気持《きも》ち悪《わる》〜い虫《むし》がたくさん入《はい》った箱《はこ》を、世界中《せかいじゅう》の子《こ》供《ども》たちにプレゼントしてやってな！　子供《こども》たちは暗《くら》〜い気持《きも》ちになり、サンタの評判《ひょうばん》はガタ落《お》ちじゃ〜！」

「む、虫唾《むしず》が走《はし》るとはこのことですわ！」

虫《むし》と聞《き》いて、リリカが顔《かお》をゆがめる。

「でも、虫好《むしず》きの子《こ》は大喜《おおよろこ》びかも」

アリスは指摘《してき》した。

「そうですね、みんながみんな、虫《むし》が嫌《きら》いとは限《かぎ》りません。ちなみに、クワガタとかカブトムシなら、僕《ぼく》は大歓迎《だいかんげい》です」

計太《けいた》が目《め》を輝《かがや》かせる。

「そ、そういう連中《れんちゅう》には、サソリとかスズメバチを送《おく》るからいいんだもんね！」

黒《くろ》サンタは言《い》い張《は》った。

「それも好《す》きな子《こ》は好《す》きかも知《し》れません」

「だったら！　……ええっと、そう、毒《どく》ヘビとか毒《どく》トカゲ！」

「ヘビもトカゲも虫《むし》じゃないよ。まあ、昔《むかし》は虫《むし》の仲間《なかま》だって見《み》られてたけどね」

と、冷《ひ》ややかに笑《わら》ったのはジェイである。

「なるほど、勉強《べんきょう》になっ……って、違《ちが》～う！」

黒《くろ》サンタはドンと床《ゆか》を踏《ふ》みしめた。

「サンタクロース、発見《はっけん》！」

窓《まど》を開《あ》けて外《そと》を見《み》た赤《あか》ずきんがみんなに報告《ほうこく》する。

「ロープで縛《しば》られて吊《つる》されてるよ！　ひっどい扱《あつか》い！」

「手《て》を貸《か》すよ～」

「僕《ぼく》も」

騎士《ないと》とジャックが一緒《いっしょ》になって、サンタクロースを引《ひ》き上《あ》げにかかる。

「もういいでしょう。そこまでよ、クネヒト・ループレヒト」

栗栖《くりす》さんが腕組《うでぐ》みをして、黒《くろ》サンタの前《まえ》に立《た》った。

「お、お、お、お前《まえ》は！」

黒《くろ》サンタの顔《かお》が真《ま》っ青《さお》になった。青《あお》サンタだ。

「お知《し》り合《あ》い？」

アリスは黒《くろ》サンタと栗栖《くりす》さんの顔《かお》を見比《みくら》べる。

「北極《ほっきょく》の牢獄《ろうごく》は冷《つめ》たいわよ。覚悟《かくご》するのね」

「はい」

「あの、あなたは？」

「時任栗栖《ときとうくりす》は仮《かり》の名前《なまえ》、その実体《じったい》は――！」

栗栖《くりす》さんのスーツが光《ひかり》に包《つつ》まれ、ドレスに変《か》わった。

手《て》には星《ほし》のついた杖《つえ》が握《にぎ》られている。

「クリストキントよ！」

クリストキント。

騎士《ないと》が言《い》っていた、女性《じょせい》のサンタである。

「サンタクロースのそりが撃墜《げきつい》される動画《どうが》を見《み》て、白瀬市《しらせし》まで飛《と》んできたのよ」

栗栖《くりす》さん、いや、クリストキントは説明《せつめい》した。

「サンタを助《たす》けに来《き》たの？」

同《おな》じドイツから来《き》たグレーテルが尋《たず》ねる。

「だって、サンタクロースのおじいちゃんがいないと、私《わたし》ひとりで世界中《せかいじゅう》にプレゼントを配《くば》らなくちゃいけなくなるでしょ？」

身《み》もふたもない理由《りゆう》である。

「ときとうくりす、ときとうくりすときとうくりすときとうくりすときんと…………って
ダジャレじゃないですか!?」

P《ピー》・P《ピー》・ジュニアが気《き》づくべきだったと、ピシャリとヒレで自分《じぶん》の額《ひたい》を叩《たた》く。

「サンタクロースだけじゃなく、クリストキントまで現《あらわ》れるとはねえ」

ジェイが苦笑《くしょう》する。

「このクネヒト・ループレヒトは私《わたし》が北極《ほっきょく》に連《つ》れ帰《かえ》って、たっぷりお仕置《しお》きするわ。それ

でいい？」

　クリストキントは冬吹刑事《ふぶきけいじ》に聞《き》く。

「どうぞどうぞ！　面倒《めんどう》くさい書類仕事《しょるいしごと》がなくなって、大歓迎《だいかんげい》～！」

　冬吹刑事《ふぶきけいじ》は喜《よろこ》んで答《こた》えた。

「日本《にほん》の警察《けいさつ》、これでいいのかよ？」

　犯罪《はんざい》コンサルタントであるはずのウィルが、不安《ふあん》げにつぶやく。

「じゃあ、サンタクロース、お仕事《しごと》に戻《もど》りましょう」

　クリストキントはサンタの方《ほう》を見《み》る。

「やれやれ、世話《せわ》をかけたのう」

　縄《なわ》を解《と》かれたサンタが、ホッとした表情《ひょうじょう》を浮《う》かべる。

「まったく、そりを新《あたら》しくしたからってはしゃぐからよ。日本《にほん》のことわざで言《い》う、年寄《としよ》りの冷《ひ》や水《みず》ね」

　クリストキントは冬吹刑事《ふぶきけいじ》から借《か》りた手錠《てじょう》を黒《くろ》サンタにかけながら、サンタを冷《ひ》ややかな目《め》で見《み》た。

「最新式《さいしんしき》の自動操縦《じどうそうじゅう》を試《ため》したかったんじゃよ」

と、サンタは言《い》い訳《わけ》したところに。

「フガッフガ！」

ルドルフたちトナカイが、窓《まど》の外《そと》にそりを引《ひ》っ張《ぱ》ってやってきた。

「本当《ほんとう》に浮《う》いてる！　ジェットじゃないし、動力《どうりょく》は反重力《はんじゅうりょく》かな⁉」

計太《けいた》が窓《まど》から身《み》を乗《の》り出《だ》して、そりの写真《しゃしん》を撮《と》る。

「幼子《おさなご》たちよ、よいクリスマスを」

サンタはそりに乗《の》り込《こ》みながら、みんなにウインクをした。

クリストキントも、黒《くろ》サンタの首根《くびね》っこをつかんでそりに乗《の》る。

「サンタさんもよいクリスマスを」

アリスが答《こた》えると、そりは空《そら》へと舞《ま》い上《あ》がり、やがて見《み》えなくなった。

「さあ、パーティですよ！　早《はや》く帰《かえ》りましょ！」

P《ピー》・P《ピー》・ジュニアがつぶらな瞳《ひとみ》をキラキラさせて、みんなを振《ふ》り返《かえ》った。

「メリ～・クリスマス！」

P《ピー》・P《ピー》・ジュニアの乾杯《かんぱい》の合図《あいず》で、クリスマス・パーティが始《はじ》まった。

大《おお》きなクリスマス・ツリーの前《まえ》にテーブルが置《お》かれ、赤妃家《あかひけ》のメイドさんたちや執事《しつじ》の神崎《かんざき》が用意《ようい》した豪華《ごうか》な料理《りょうり》が並《なら》べられている。

「塔子《とうこ》ちゃんも連《つ》れてきたよ～」

目《め》の不自由《ふじゆう》な椎葉塔子《しばとうこ》の手《て》を取《と》ってやってきたのは、ジャック碇山《いかりやま》の妹《いもうと》の憩《いこい》。

「私《わたし》、隣《となり》のクラスなのにいいのかな？」

塔子《とうこ》はちょっと気《き》が引《ひ》けているような表情《ひょうじょう》を見《み》せる。

「なあに、構《かま》うことはない！　何《なに》を隠《かく》そう、僕《ぼく》も隣《となり》のクラスなのだからね！」

騎士《ないと》がキラリと白《しろ》い歯《は》を見《み》せて、塔子《とうこ》の手《て》を取《と》った。

「そのへんにしておくんだね。今《いま》よりもっと塔子《とうこ》さんに嫌《きら》われるぞ」

琉生《るい》がやれやれというような顔《かお》で、騎士《ないと》に釘《くぎ》を刺《さ》す。

「い、今《いま》よりもって……」

「別《べつ》に嫌《きら》っているんじゃないのよ」

塔子《とうこ》はクスリと笑《わら》う。

「でも、特《とく》に好《す》きでも——」

と、計太《けいた》。

「ないけど」

塔子《とうこ》は笑《わら》って頷《うなず》いた。

「イブにいちゃついているカップルはみんな逮捕《たいほ》よ、逮捕《たいほ》!」

と、大声《おおごえ》をあげているのは、呼《よ》ばれもしないのに来《き》ている冬吹刑事《ふぶきけいじ》。

「誰《だれ》か〜! ゲームやろ、ゲーム!」

憩《いこい》がボード・ゲームを持《も》ってきて、窓《まど》のそばのテーブルに広《ひろ》げる。

と、そこに。

「あたしたちも混《ま》ぜて〜!」

赤《あか》ずきんたち、カラオケ・ボックスにいた『森之奥高校《もりのおくこうこう》』のメンバーがやってきた。

もちろん、グリム・ブラザーズも一緒《いっしょ》だ。

「な、な、何《なん》で君《きみ》たちが〜!」

P《ピー》・P《ピー》・ジュニアは三角帽子《さんかくぼうし》をかぶったまま、戦《たたか》いの構《かま》えを取《と》る。

「実《じつ》はさ、カラオケ・ボックス追《お》い出《だ》されちゃって」

赤《あか》ずきんがテヘヘッと頭《あたま》をかく。

「その原因《げんいん》の半分《はんぶん》を作《つく》ったのは、君《きみ》だけどね」

そう指摘《してき》したのはジェイである。

「残《のこ》り半分《はんぶん》はあんたの弟《おとうと》でしょが！」

赤《あか》ずきんは唇《くちびる》を尖《とが》らせた。

「お前《まえ》らのバカ騒《さわ》ぎを止《と》めようとしただけだろうが、アホずきん！」

「まあまあ、僕《ぼく》たちも交換用《こうかんよう》のプレゼント、持《も》ってきましたよ〜」

もめる赤《あか》ずきんとウィルの間《あいだ》に割《わ》り込《こ》むようにして、ヘンゼルがツリーの前《まえ》にプレゼントを置《お》く。

「……探偵社《たんていしゃ》のクリスマス・パーティの参加《さんか》メンバー、ほぼ半分《はんぶん》が犯罪者《はんざいしゃ》でいいのでしょうか？」

サンタ服《ふく》のアリスは首《くび》を傾《かし》げた。

「これはもう、メリー・クリスマスじゃなくって、メリー・犯罪者《クリミナルズ》だね」

ジェイはもう、完全《かんぜん》に面白《おもしろ》がっている。

「うまいこと言《い》ったつもりですか！」

P《ピー》・P《ピー》・ジュニアは、パタタタタタタ～ッと床《ゆか》を水《みず》かきで叩《たた》いた。

「それじゃ！　プレゼント交換《こうかん》タイ～ム！」

グレーテルが勝手《かって》に始《はじ》めた。

「俺《おれ》はこれ！」

真《ま》っ先《さき》に箱《はこ》をくわえたのは、オオカミである。

「大《おお》きいの、大《おお》きいの～」

必死《ひっし》になって一番重《いちばんおも》そうな箱《はこ》を抱《かか》えたのは、茉莉音《まりね》。

他《ほか》の面々《めんめん》もそれぞれプレゼントを手《て》に取《と》り、一斉《いっせい》に開《ひら》いてみる。

アリスが開《ひら》いたピンクの小箱《こばこ》からは、宝箱《たからばこ》の形《かたち》をしたオルゴールが出《で》てきた。

「それは――」

琉生《るい》がアリスに微笑《ほほえ》みかけた。

「僕《ぼく》が選《えら》んだやつだよ」

「とってもすてきです」

アリスは幸福《こうふく》な気持《きも》ちになり、オルゴールのふたを開《ひら》いた。

「ホワイト・クリスマス」のメロディーが、パーティ会場《かいじょう》に静《しず》かに流《なが》れる。

「喜《よろこ》んでもらえてよかった」

琉生《るい》はヘンゼルのプレゼント、赤《あか》いマフラーを自分《じぶん》の首《くび》に巻《ま》いた。

一方《いっぽう》、幸福《こうふく》じゃなかったのが――。

「僕《ぼく》のプレゼントが君《きみ》に⁉　塔子《とうこ》さんにと思《おも》って選《えら》んだのに、最悪《さいあく》だよ！」

「それはこっちの台詞《せりふ》ですよ！　僕《ぼく》がビキニの水着《みずぎ》もらってどうするんです」

騎士《ないと》のプレゼントは、計太《けいた》がもらったようだ。

また――。

「……いらねえ」

箱《はこ》を口《くち》で開《あ》けたオオカミは、がっくりと肩《かた》を落《お》としている。

選《えら》んだ箱《はこ》には、塔子《とうこ》が編《あ》んだ可愛《かわい》らしい手袋《てぶくろ》が入《はい》っていた。

とてもいい出来《でき》なのだが、オオカミの前足《まえあし》では使《つか》いようがないサイズである。

「何《なに》かのたたりかも〜」

へな〜っと座《すわ》り込《こ》んでいるのは茉莉音《まりね》。

一番重《いちばんおも》い箱《はこ》に入《はい》っていたのは、憩《いこい》が選《えら》んだ筋《きん》トレ用《よう》の鉄《てつ》アレイだったのだ。

ちなみに、ジェイの選《えら》んだ科学捜査道具一式《かがくそうさどうぐいっしき》は塔子《とうこ》に、ウィルの選《えら》んだ爆薬《ばくやく》はP《ピー》・P《ピー》・ジュニアの手《て》に渡《わた》った。

アリスに渡《わた》ればいいなと思《おも》ってP《ピー》・P《ピー》・ジュニアが選《えら》んだ数学《すうがく》の問題集《もんだいしゅう》は、グレーテルの手《て》に渡《わた》り、グレーテルは頭《あたま》を抱《かか》えた。

さらに——。

「庶民《しょみん》！　あ〜な〜た〜！」

リリカの声《こえ》に、アリスはビクンとなった。

おそるおそる振《ふ》り返《かえ》ると、リリカが手《て》にしているのは、紛《まぎ》れもなくアリスが——と言《い》うよりも帽子屋《ぼうしや》が——選《えら》んだプレゼントだ。

「どういうつもりでこんなプレゼントを〜っ！　こんなの選《えら》ぶの、あなたですわよね⁉」

DANGEROUS

（帽子屋《ぼうしや》さん、これはちょっと）

アリスは固《かた》まった。

中身《なかみ》を確《たし》かめなかったアリスも悪《わる》いのだが、まさか、鏡《かがみ》の国《くに》からのプレゼントが、恐竜《きょうりゅう》ティラノサウルス・レックスの着《き》ぐるみだとは、思《おも》ってもみなかったのだ。

「この嫌《いや》がらせ！　私《わたし》、一生忘《いっしょうわす》れませんことよ！」

そう言《い》いながらも、リリカはちゃっかりとその着《き》ぐるみを身《み》につけている。

今年《ことし》もまた、プレゼント音痴《おんち》の汚名返上《おめいへんじょう》とはいかなかったようだった。


さて、パーティが終《お》わり、みんなが家路《いえじ》につくと。

アリスは静《しず》かになった探偵社《たんていしゃ》の外《そと》に出《で》て、屋上《おくじょう》のベンチに座《すわ》った。

「神崎《かんざき》さんやメイドさんのおかげで、きれいに片《かた》づきましたね〜」

P《ピー》・P《ピー》・ジュニアがアリスの隣《となり》に座《すわ》る。

「星《ほし》がきれいです」

と、夜空《よぞら》を見上《みあ》げたその時《とき》。

「ししょ〜、あれ」

アリスは夜空《よぞら》を横切《よこぎ》る、流《なが》れ星《ぼし》のような銀色《ぎんいろ》の輝《かがや》きを発見《はっけん》した。

「おにょ？　もしや、ルドルフさんたちが引《ひ》っ張《ぱ》るそりですか？」

P《ピー》・P《ピー》・ジュニアは、アリスが指《ゆび》さすその輝《かがや》きに目《め》を向《む》ける。

「うん。きっと、サンタさんです」

アリスは空《そら》に向《む》かって手《て》を振《ふ》った。

「……メリー・クリスマス」

明日《あした》もがんばれ！ 怪盗《かいとう》赤《あか》ずきん！ その10

クリスマス・パーティの途中《とちゅう》。

赤《あか》ずきんは、テーブルの上《うえ》のスマートフォンが鳴《な》っていることに気《き》がついた。

「これ、ペンちゃんのじゃん？　出《で》ちゃおっと」

「おいおい、やめとけって」

オオカミが止《と》めるのも聞《き》かずに

赤《あか》ずきんが勝手《かって》に出《で》ると、

早口《はやくち》で話《はな》す英語《えいご》の声《こえ》が聞《き》こえてきた。

「誰《だれ》？」

赤《あか》ずきんは日本語《にほんご》で聞《き》き返《かえ》す。

「シャーリー・ホームズに決《き》まっているでしょう！

って、あなたは誰《だれ》よ!?」

日本語《にほんご》で答《こた》えたのは、ロンドンの名探偵《めいたんてい》シャーリーだった。

「ふふふ、聞《き》かれちゃったら答《こた》えちゃう！ このあたしこそが！

日本《にほん》が誇《ほこ》る国際的《こくさいてき》美少女《びしょうじょ》怪盗《かいとう》赤《あか》ずきんよ！」

赤《あか》ずきんは堂々《どうどう》と名乗《なの》る。

「……ああ。しょっちゅう失敗《しっぱい》してるダメ怪盗《かいとう》」

電話《でんわ》の向《む》こうのシャーリーがフフンと笑《わら》う。

「ほ、放《ほう》っといてよ！ 今《いま》、ペンちゃんたちとパーティの真《ま》っ最中《さいちゅう》なんだから！」

「ちょっと待《ま》って！ そのパーティにどうして私《わたし》が招《まね》かれてないのよ！」

「……遠《とお》いからでしょ？」

「今《いま》から行《い》く！ パーティに参加《さんか》して、ついでにあなたを逮捕《たいほ》するから待《ま》ってなさいよ！」

シャーリーはそう言《い》って電話《でんわ》を切《き》ったが——。

「今《いま》からロンドン出《で》たら——こっち着《つ》くのって明日《あした》じゃ？」

赤《あか》ずきんはスマートフォンを置《お》きながら、首《くび》を傾《かし》げるのであった。

Shogakukan Junior Bunko

★小学館ジュニア文庫★

華麗なる探偵アリス＆ペンギン
パーティ・パーティ

2017年12月25日　初版第1刷発行
2021年 1 月20日　　第3刷発行

著者／南房秀久
イラスト／あるや

発行人／野村敦司
編集人／今村愛子
編集／山口久美子

発行所／株式会社　小学館
〒101-8001　東京都千代田区一ツ橋2－3－1
電話　編集　03-3230-5105
　　　販売　03-5281-3555

印刷・製本／加藤製版印刷株式会社

デザイン／佐藤千恵＋ベイブリッジ・スタジオ

Printed in Japan　　ISBN 978-4-09-231204-3